Whispers Through the Willows
Volume Two

柳樹浪漫

Presented by
moscareto | Tsukimi Ayayoru | Yen-Chi Hsu

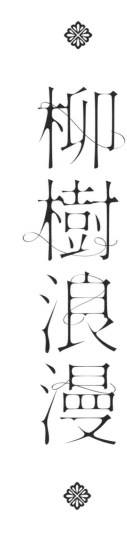

※小說中的背景及設定皆為虛構，與現實中的人物及地名沒有關係。
※此小說以韓國解放後未分裂之君主立憲制的虛構現實為背景著作。

目錄

Whispers Through the Willows
Contents

버드나무 로맨스

Whispers Through the Willows

第06章

韓常瑮以僵硬的姿勢抓皺自己的衣服下襬。

該怎麼讓他知道呢？到底要跟李鹿說什麼好呢？我們怎麼會這樣纏在一起？

啊，不對，如果他說一般人本來就會並排而坐還把手臂圍在他人肩膀上，這樣的話那該怎麼辦？是不是只有自己不懂？搞不清楚氣氛、也搞不懂狀況，萬一壞了李鹿的心情該怎麼辦？

韓常瑮腦中思緒越變越複雜，最終還是什麼話也沒能說。

「嗯？好像不是那麼回事耶。」

李鹿看著韓常瑮那一顫一顫的嘴唇，迅速地轉移視線瞥一眼手機上出現的ＳＮＳ畫面。他看了一下，原本以為是跟趙東製藥有關的負面消息，結果只是其他的文章通知。

李鹿的ＳＮＳ只有偷偷追蹤那些只說自己好話或是有名的粉絲，基本上不會看到不順眼的照片或影片。

鄭尚醞有時會指責李鹿是不是太自戀了，但對他而言，平常令人煩躁的事情已經夠多了，若是連ＳＮＳ動態牆都不能清淨一些，那休息的時候不就無法快樂了嗎？

「肚子不舒服嗎？」

李鹿不清楚剛才還喋喋不休說著話的韓常瑮為什麼會突然像個石頭一樣僵在那裡，李鹿便隨口問問。

但仔細觀察之下，李鹿想到了可能的原因。對於第一次喝酒的人而言，要接二連三地喝下這類型的酒，的確有點過量。

「韓伊，你醉了呢。」

「醉……我醉了嗎？呃嗯……」

韓常璟那好似抹上了糯米糕粉的雪白臉龐，就像是被花染上了顏色，臉頰紅了起來。

「我醉……嗯，我也不清楚耶……」

長長的眼睫毛慢慢地眨著，律動就像是蝴蝶飛舞落下，若是下起雪的話，似乎會堆積在那長長的睫毛上。

每次說他可愛、漂亮……現在卻搞得似乎對他有私情的感覺。

而且近看之下，就像是會被吸走似的。李鹿觀察著金哲秀臉龐，被瞬間浮過腦海的奇怪字句給嚇到，馬上停下了動作。

……近看之下？近看什麼東西？

李鹿回過神來，發現金哲秀的眼睛距離自己非常地近，近到他那晃動的瞳孔上還能完全映照出自己的臉，而那觸及嘴角的輕風也讓人感到溫暖……還有……

——哎呀？

李鹿的思緒開始變得混亂，儘管早已知道，卻還是不想面對事實，而再次努力克制自己停下。

他忍不住想，從這方向吹來的，當然也不是什麼溫暖的風，而是某人的氣息……的機率應該很高吧？會這麼近距離地感受到，那就代表對方就近在眼前，而那個對象就是……

「……啊。」

就像是恐怖電影開場時的通知一樣，「嘎咿」的陰森背景音樂朝腦袋重重擊去。他根本瘋了，真的瘋了……

回過神來，李鹿發現自己抱著金哲秀，而自己的雙唇就快要觸碰到對方的雙唇。

「這……抱歉，我……」

李鹿在驚訝之下，將低垂的身體挺直，剛才要是再繼續下去，自己到底會想要對這個都已經二十一歲，卻連酒都沒喝過的純真孩子做什麼呢？

只要看著金哲秀，自己的心就會變得軟弱。想為他做任何事，會擔心他是否有好好吃飯，還因為金哲秀說從來沒吃過消夜，使得自己感到既心疼又難受，不禁思考起趙東製藥到底是對他有多差，居然能讓他有這麼多沒嘗試過的事。

所以，雖然李鹿說過，只要是在自己能力範圍之內，他就想為這孩子做盡一切。

但其實韓伊……不，金哲秀所選擇的一定盡是普通到令人覺得尷尬的小事。因為那些事情對李鹿來說都再正常不過了，所以他更不明白韓常瑮為什麼會對那些自己從未想過的事情覺得有趣與感動。

那老是驚呼連連，如鳥嘴般的小巧雙唇……沒錯，的確可愛到令人無法招架。

他雖然不懂得察言觀色，卻為了努力跟上自己的節奏而不自然地動著的眉毛，以及盡最大的努力，從自己所知道的詞彙中尋找最佳的表現方式。

他的一切行為都很可愛，也許是因為這樣，才會想要再對他更好一點吧？

儘管如此，這並不代表自己想與這孩子接吻……不對，應該說根本就沒想過這種事情。

嗯……大概吧？

李鹿想，就像鄭尚醞說的，不能再與他變得更親近了。金哲秀並不是別人，而是韓常璟從小在趙東製藥一起長大的朋友兼同學。但是從目前狀況來看，金哲秀算是代替韓常璟受罪的替罪羊。

不論內部情況為何，若李鹿與金哲秀之間越了線還被人發現，那一切的責任都會歸咎於他。

放著身為Omega的訂婚對象不管，跟一個男人……而且還是從訂婚對象家裡帶來的隨從之間產生緋聞，李鹿也許就要先做好被廢位的覺悟了。

不論是正宮還是行宮，種植的樹種都是有限制的，不能太違背傳統，且要易於管理。還要考慮到是觀光勝地，所以要挑選遠看也不會與宮裡風格太過不同的樹。因此，柳樹絕對不是一個適合種植並覆蓋宮殿周圍的樹種，就算平壤是一個以垂柳聞名的地方也是一樣。

當李鹿最終被判定為Alpha，並預計以華親王之名被趕去連花宮時，他們以為了心愛的兒子為由，將正清殿和柳永殿裡無辜的樹木全部連根拔走。而填補那些空位的，便是枝條下垂的柳樹。

儘管現在已經習慣了，但李鹿第一次來到連花宮時，當晚柳樹巨大影子陰森搖晃的模樣，至今依然記得一清二楚。

他不想再經歷那樣的夜晚了。他不想將太子推下位、未來更不想掌握大權，他也不是好欺負的出氣包或是突變種，只想要像歷代的親王們一樣，以李皇子李鹿的身分生活，並獲得眾人還不錯的評價活下去。

但是，明明他就是那麼想的……

到剛才為止，他還不知羞恥地跟金哲秀說著自己未來想要的東西多麼地多，現在竟然還想藉酒吻他，這樣還算是人嗎？

李鹿氣不過自己方才的行為，本來就因為喝酒的關係而感到燥熱，現在更因為怒氣讓自己就算受到冷風吹拂，背脊也還是依舊流下了汗水。

「……對不起。」

李鹿慢慢地拉開與韓常璟間的距離，他那什麼都不知道的純真臉蛋，就望向了自己。

「我……我好像喝太多了。」

李鹿也沒有醉到不省人事，心情雖然因醉酒而變得有點飄然，但他的意識非常清楚。儘管喝得非常醉，以前也從未以這樣方式發酒瘋，於是他現在也不太確定自己到底是什麼情況。

好險事情並未發生，但李鹿依然對自己無意識之下差點做出垃圾般的行為而感到煩躁與無言。

他並不是為了藉著酒意對金哲秀做這種事，才這麼照顧他的啊。現在不論自己對他再怎麼好，金哲秀也一定會有那樣的誤會。嚴重一點，或許還會讓金哲秀短時間之內都無法相信他人對他的好意吧……

「喔……要是喝醉了，就會變成那樣嗎？我的意思是，會像剛才那樣，想做那種事嗎？」

「嗯？不，不是那樣的。」

這句毫無惡意的疑問讓李鹿的心沉了下來。他忍住想打自己一巴掌的衝動，唾棄會想對這個人做出那種事的自己。

「呼……」

李鹿用手將梳理整齊的瀏海向上揉亂，再稍微停下了動作後，用手掌緊緊地按著自己的額頭，然後……

「韓伊，在此再向你道歉一次，我剛才似乎是瘋……」

——我剛才似乎是瘋了。

李鹿本來是想這麼說的。但金哲秀突如其來的舉動，讓李鹿睜大了雙眼。

在李鹿語畢之前，金哲秀就將內容物還有一半以上的沉重酒甕整個舉起，像是在喝開水似地咕嚕咕嚕地喝了起來。

韓常璟經過好幾次的大口吞嚥，還沒來得及吞下的酒沿著嘴角流至下巴，再到脖子。

李鹿放下把頭髮弄亂的手。同時，心口下方傳來某種充滿力量的感覺，就連沉靜的脈搏也開始大力地跳動。這個預感告訴著自己……

「……這樣的話，是不是就沒問題了？」

「等一下！」

「剛才喝了更多的酒，我現在好像也醉了……」

「這樣的話……是不是就能繼續您剛才打算做的事情了？」

因上身緊貼著李鹿的緣故，韓常環感受得到對方的身體動作以及淡淡香水味。

這個氣氛尷尬得令人窒息。

韓常環覺得只有他不斷往奇怪的方向浮想，他放在大腿上的手不自覺地出力並握緊拳頭，用力到手背上浮現突出的青筋。

李鹿好像一直在說些什麼，但韓常環根本無法集中精神，就在對話突然停止時，韓常環悄悄地抬起了頭，一股與從前截然不同的眼神掠過自己的臉龐，那像是在觀察自己難堪醜樣的執著眼神。

每當他的目光從自己的眉毛、鼻子，落到嘴巴時，頭也跟著稍微傾斜。

啊，原來這就是接吻啊……

看著他那一點點靠近的雙唇，韓常環緊緊地按著像是故障一般，猛烈跳動的胸口。

李鹿原本就很清楚，所謂的接吻就是互碰雙唇後張開嘴巴，並用舌頭刺激對方的口腔。光看字面上的解釋，很難想像這到底是什麼行為，但他實際面臨這樣的情況時，出於本能性地明白了一切。

當韓常環意識到李鹿環著自己肩膀的手時，還真的有點慌張。但是現在他卻很開心，非常開心……真是無法相信，李鹿的心裡至少還是有著自己。

他在驚訝的同時，喜悅也正蔓延至全身。

李鹿是將自己從實驗室裡救出的恩人，也是讓自己領悟到好幾個過去不曾知曉的平凡生活的人。

所以他才會喜歡李鹿，實在是喜歡到不知道該怎麼辦了，喜歡到希望他也能喜歡自己，想要受到他更多的稱讚。

韓常璟本來只是這麼想的，但是存在於兩人之間的空氣密度一發生變化，就算沒有人教也能自動領悟。

韓常璟喜歡李鹿。

他想為了李鹿，盡自己最大的全力……當然不是為了李韓碩或是韓代表所指定的那些人。

如果對象是李鹿的話，那不論是什麼請求，自己似乎都能二話不說地用盡全力去努力，只要得到允許、只要有了許可……

他想要跟李鹿發生關係，但是心裡卻連愛字都不敢擁有，不可以讓李鹿身上背負如此沉重的負擔，而且就憑這樣的自己，怎麼能對皇子殿下……這是不可以發生的事，所以……

「我……我想要……」

哪怕是這樣也好，好想觸碰他，光是這樣就很值得感謝了……

韓常璟用手背大致抹去了因流下的酒而溼掉的嘴巴及下巴。

他一下定決心，最先想到的是自己沒有時間了，這點時間也不夠去學習普通人生和處理情感方面問題，對於實際發生的臨時狀況上的應對更加困難，讓他想不出其他能繼續糾纏李鹿的方法。

「……韓伊。」

「殿下，其實……其實我是個騙子。」

我的名字才不是韓什麼的，心門上的那道鎖一鬆開，委屈的心讓韓常璟大聲地喊了出來，當慌張的李鹿盯著自己的瞬間，韓常璟這才終於清醒過來。

「我……我在趙東製藥……沒能受到……多好的對待。」

聽到這句話，比剛才還要驚訝好幾倍的李鹿等著韓常璟繼續說下去。

但很可惜，也許是因為長久以來的洗腦，讓韓常璟在變得情緒化的同時，也無法說出更深入的內容。

也許是因為話都說出口了，韓常璟的腦海拂過了過去那些無法說是活著的時光，他也終於明白到以前所受到的苦，根本就不是自己必須要承受的，也明白這個世界的日常，可以既美好又可愛。

此刻實在是太令人難受、也太幸福了。

韓常璟淚眼汪汪地望向了李鹿。

「我不想……不想回去。」

「如果可以的話……我想繼續在這裡……在連花宮，在殿下的身邊……不論是做什麼事都好，我想繼續待在這。」

「可是……那是不可能的……」

這是個完全不經整理、毫無條理的告白。

雖然已經以自己是個騙子作為開頭了，但韓常璟依然沒有勇氣向李鹿道出真相，只說出不會讓對方覺得自己噁心的部分，期望著對方能夠赦免自己。

這樣的自己厚臉皮到令他感到作嘔。

「所以……萬一……您若想要跟我……做些什麼的話，哪怕只是我待在連花宮的期間……」

那是在十歲的時候吧？在結束第一次的高強度計畫後，癱軟在一個類似手術檯的床上的時候，一位盯著自己難堪醜樣的研究員突然強硬地提出了相反的意見，說以這種方式強制執行的實驗是無法達到最完美的要求。

把從小什麼都不懂的孩子抓來，大肆地讓他們吃藥打針，然後灌輸他們這樣的做法是正確的。在一切的玩弄之後，儘管成功做出了新藥，但對象如果是人的話，就必須考慮到萬一會遇到的情況。

『成功一個就該感到慶幸了，現在必須停手，這個實驗太危險了。』

『你瘋了嗎？現在好不容易才成功一個耶！你知道我們在他身上花了多少錢嗎？我們到現在連成本都還沒賺回來！』

『這個藥現在並未商業化，本來就不應該討論什麼損益吧？更重要的是，萬一有一天，這孩子突然成功脫逃了呢？韓家又不是只有研究員，要是被內部檢舉者發現的話，到時候該怎麼辦？』

『喂，知道這件事的人又沒有幾個，萬一真的發生那種事，應該不難查出事情是從誰的口中說出去吧？』

『要抓是一定能抓到，但事後抓回來處置又有什麼用？事情應該早就一傳十，十傳百了吧？』

『總之，各位仔細想想，就算這個孩子現在沒有這樣的意思，但他們長大之後，如果有人對他們好，他們一定會把至今在實驗室裡發生的事情全盤托出。當他落入了我們的對手之中，公司與研究所承受的傷害可能會難以估計。』

在那之後的事情韓常環就沒有印象了，一隻沒脫掉手套的手覆蓋在自己的眼睛上方，他連動一根手指頭的微小力氣都沒有，就這麼睡著了。

當時和韓代表爭論的那名研究員這麼說過，沒有祕密是永遠的，脫下旅人衣服的終究是太陽，而不是風。他分明不知道那到底是什麼意思，但卻令人印象深刻到現在都還記得……

不過現在也稍微明白這句話的意思了。

李鹿在酒氣之下，差點衝動地吻了自己，那像是已等待許久，名為情感的花苞劇烈地綻放，在研究員往自己身上注射時、不論李韓碩要自己做多麼羞恥的事情時，他都不曾張開的口，就這樣輕易地打了開來，但是……

「嗯……我知道你把我當作很好的人來看待……但其實我也並不是那麼善良。」

李鹿語氣沉重地說著，並稍微向後退了一點。

「會因為喝醉而吻你、與你交纏而感到驚訝……總之，雖然我在那部分也不算保守……」

「一開始是因為看到你被韓常琛拖走而感到好奇，才會抓住你。在那之後是覺得你很可憐，才會對你好……而之後的確也是一直很在意，才會處處照顧你……」

「殿下。」

「但是我不想因為覺得你可憐而吻你。」

「為什麼？」

「因為……我現在是真心心疼你……」

這是一句難以理解的模糊回答。

所以，不論是以什麼樣的形式，都代表您對我有意思……對吧？

但是……為什麼？明明就說自己不是那種會對衝動之下的性接觸而感到抗拒的人……

那為什麼不要？

「我不懂，不懂您在說什麼……」

「如果我打從一開始，就只是出於好奇心而想接近你，那麼我一定會馬上出手，但我還是抱持著比好奇心還要沉重的心情在擔心你。」

——啊……

韓常環溼潤的雙唇瞬間變得乾裂，整顆內心都焦躁了起來。

雖然他連劍舞是什麼都不知道，也不知道什麼是韓山素麯酒，但是韓常環很清楚地知道他人正想著要不要拋下自己的神情。

而李鹿現在就是正準備將自己完全推開。

「我再向你道一次歉，我原本不是會那樣發酒瘋的人，我也沒想到我會……總之，我沒想到這會讓你受到驚訝……」

聽到此話的韓常環，不管三七二十一地抱住了李鹿。

「對不起。」

其實韓常環更想直接吻向李鹿，但是他不知道該怎麼做，只好直接撲到他的懷裡。

李鹿很溫柔，他一定會准許自己繼續待在芙蓉院，也會繼續幫助自己念書……總之，在自己離開連花宮為止，他一定會包容自己的一切。

但是他一定不會像以前那樣，突然上門來為自己擦淚，說要一起去兜風。若是就這樣和李鹿一起出了山月閣，兩人似乎就再也回不到從前了。

不要，死都不要這樣……

「我這輩子第一次被別人稱讚……」

「請您別拋下我。」

他緊抓著李鹿衣服的手不停地顫抖，而李鹿也感受到了這微弱的震動。韓常璟的內心感到無比害怕，不想讓皇子殿下發現自己逾矩地撲向他。但是為了這個瞬間，他用上了自己的畢生勇氣，完全沒有餘力去控制各個發了狂的神經。

這麼想也是……這該死的身體曾幾何時按照自己的意願動作過？

他老是自顧自地變得敏感、淫蕩溼透、然後又自顧自地……小鹿亂撞……

韓常璟用著與自己用力的手大不相同，用那宛如一張薄紙重量的力道，將額頭輕輕靠在李鹿的胸膛。

掛在牆上的巨大時鐘發出了幾聲滴答聲響，韓常璟緊張地吞了幾次口水，李鹿仍然不發一語。

啊，果然，這麼做讓他感到壓力了嗎？看來他真的讓殿下感到困擾了，光是他在自己做出了如此刁蠻行為時，也沒叫護衛過來，就已經算是謝天謝地了……

韓常璟緊緊地閉著眼睛，將自己輕靠在李鹿胸膛的頭抽離，這是第一次也是最後一次的告白宣告失敗。

他也不是真的跟殿下接到吻，他們只嘗試到一半就停止了，是他反應過度了……

要是自己把話再說得好聽一點，或是更聰明一點的話，是不是就能挽回殿下的心呢？

此刻，韓常璟的腦海裡充斥著各種想法，但現在的他在李鹿眼裡，不過就是一名什麼都不懂的傻瓜，只是附屬於「韓常璟」的「金哲秀」而已。

當然，一切都只是沒有用的假設罷了。

「我……」

韓常璟帶著憂鬱的表情，放開自己緊抓住李鹿衣服的手。

也不知道他到底是用了多大的力氣，那像是用尺量過的整齊衣著，現在皺得亂七八糟。

他想，還是先道個歉好了，既然都發生這種事了，以後跟他相處一定會感到不自在，還要告訴殿下，自己該回柳永殿了……

「我……」

是我太放肆胡鬧了，對不起。

本來想先以此開頭，再說出後面一句：明知道您對我的溫柔是出自於憐憫，但想依靠您的我卻做出了無理的請求，真的很對不起。

「……咦？」

但是，當韓常瑮將與李鹿相貼的上半身抽離、屁股稍微向後移動時，腰部卻馬上被緊緊抓起，讓身體形成浮在半空中的樣子。

一切的動作十分迅速，速度快到耳邊似乎能聽見風聲。

「殿……呃！」

韓常瑮還在想著發生了什麼事，並轉頭的瞬間，下巴便被狠狠地抓住了。

當他意識到李鹿那黑色的眼珠近在眼前的瞬間，自己的嘴唇上也覆上了李鹿的雙唇，在經過幾次雙唇的觸碰，最後再輕咬他的下唇後，李鹿的雙唇才安然退開。

「呃……殿……下？」

面對突如其來的情勢扭轉，讓韓常瑮快速地眨了眨眼，之前都沒有注意到……但在回神之後，這才發現自己的身體正大剌剌地坐在李鹿的大腿上。

「你要逃去哪裡？」

韓常瑮正因為不知該如何面對這個惶恐的情緒，而將身體往後退，李鹿一副要韓常瑮別做無謂的舉動似地，用力抱住他的腰。

那力道緊到會讓人稍微感到悶痛，更重要的是，李鹿的身體和臉靠得太近了。

雖然韓常瑮很討厭他連在這種情況下都在擔心這種事，但以目前緊貼的狀態而言，那掛在下體的那個……哪怕只是一點點，萬一那東西站了起來，很有可能會直接壓到他的骨盆。

「呃，那個……我不小心大膽地……坐上殿下的腿了……」

李鹿笑了笑，看起來像是感到無言，也好像是在努力忍著某種衝上心頭的情感。

「光是這樣就怕了的話，剛才幹麼說那種話？你不是要我別拋下你，要我好好疼你嗎？」

「那、那是……」

「別擔心，從現在開始發生的一切都是我的錯。」

李鹿表示他不會說出本來是想退開並收手的，但是這孩子卻抓住自己的那種無聊藉口。當然，李鹿也不會向他追究任何責任，還有……

「把一無所知的金哲秀帶來這裡做奇怪的事，說要一起喝酒，就把金哲秀拐來這裡，又將氣氛搞得很曖昧，一切都是如垃圾般的我所該負的責任。所以不要自己在內心哭著覺得那是自己的錯……」

「從現在開始，我會好好疼愛你，所以別說什麼你受不了要逃走。」

李鹿發出宛如從深處竄升而上的低沉嗓音，眼神看來像是苦撐很久但終究斷了理智。

這是韓常璟第一次明白……沒有施予直接的性刺激、不用淫蕩地搖晃身體，也能感受到那種彷彿被雷劈的感覺。

「殿……啊……」

李鹿就像是不願聽見韓常瑮的反駁，馬上咬上他的雙唇。李鹿像是在測量對方嘴唇的大小與模樣，在細細地咬了韓常瑮的嘴唇後，含住嘴唇內部的嫩肉。

內中發出「啵」的溼嫩唇肉聲讓李鹿感覺到一股與目前情況相當違和的可愛感。

但是在那之後，李鹿不給韓常瑮思考的時間，僅給他能吸一口氣的閒暇，便馬上將他的頭撐起，並吻了下去。

那炙熱的舌頭謹慎地敲向門牙，就像是在估算該怎麼鑽入這個非常細小的縫隙之中，舌尖直直地豎了起來。

現在到底該怎麼做才好呢?雖然知道該怎麼將道具插入後體後，搖動身體自慰的方法，卻沒有任何人教過他該怎麼與自己喜歡的人接吻。

韓常瑮更加猶豫的同時，李鹿又稍微再扭了扭韓常瑮的頭，並穩穩地抓住他的後腦杓。

這是一個很神奇的感覺，不會有被李韓碩抓頭時的疼痛，心情也不會不好，只有李鹿似乎將自己又抱得更緊的感覺。

當他的嘴巴自然地張得更開時，對方的舌根更是直衝口腔深處，嘴裡湧現出自己和他的口水味道都令人感到陌生。

在接吻時也能聽見身後溼掉時才會發出的聲音，這讓韓常瑔感到有些慌張，當然……自己其實並不是討厭這樣。

柔軟的舌肉在嘴巴內遨遊，就像在探索嘴內世界，嘗遍了每一個角落之後，從某一個瞬間開始，又像是為了某個明確目標而動了起來。

「呃嗯……」

當舌頭大力摩擦門牙正後方的上顎，口中就不自主地嘆出軟綿綿的氣息。李鹿再次將舌頭伸了進去，感受那股溫熱的氣息，接著再稍微細心地舔了舔韓常瑔的嘴裡。

韓常瑔圓圓地彎了了腰，屁股也自動坐了下來。

「你真的是……」

專注於接吻的李鹿身體一顫，將嘴唇抽離，一副無言地盯著韓常瑔。

「……咦？」

韓常瑔尚未抽離口中刺激，愣愣地問。

李鹿便像是要他什麼也別說似的，雙手緊緊地抓住韓常瑔的屁股，一邊嘀咕地表示韓常瑔彎腰翹起屁股的姿勢實在是太色情了……

「現在就這麼興奮了，之後我該怎麼辦？」

李鹿切斷了兩人口中那拉得長長的，宛如銀絲的口水，沒好氣地說道。

當然，他也只有語氣是這樣而已，那彷彿將韓常瑮看穿的眼神，就像著火似的炙熱。

還有，雖然這也許是一個使韓常瑮害羞的錯覺，但因為李鹿的那股視線，就和稱讚自己漂亮時所散發出來的感覺一樣，儘管李鹿再怎麼裝狠，他也不會感到反感。

因此，韓常瑮決定再次鼓起勇氣，當他將自己的手小心翼翼地放在李鹿緊緊抱住自己的手臂上時，相觸的胸口有如忍住笑意時一樣，大大地顫動起來。

「既然想要大膽一點，那就再稍微鼓起勇氣吧？」

李鹿將韓常瑮那帶有一絲猶豫的手舉起，並拉向了自己脖子附近。

「喔……喔喔……殿……殿下？」

韓常瑮本來心裡還在想著，還能再靠近一點嗎？結果，自己的手臂一環住李鹿的頸部，就有一種整個世界被他填滿的感覺。還有，至今為止從來都不知道……李鹿的心跳快到令人甚至會擔憂起他的心臟是否出了問題。

「那個……殿下。」

「嗯。」

雖然有在回話，李鹿卻像是沒在聽一樣，只是毫無誠意地應了一聲。

「仔細想想……」

「說。」

「就是……」

李鹿輕輕咬了咬那在眼前的耳廓，並像是稍微擠壓地磨蹭著相貼的臉頰。

他感覺自己要瘋了，從眼睛到鼻子，再從額頭到臉頰，宛如鳥啄般的親吻如雨滴般不停落下。

「總之……就像這件事也……」

「嗯？」

「雖然和殿下一同經歷的所有事情……全部都是第一次……不、不過就連這個……就連接吻也是第一次。」

正想吻向自己的李鹿突然停下了動作。

「因為殿下是第一個……初吻對象能是您……我真的好開心。」

韓常瑮是很認真地這麼認為，他對李鹿的感謝，重到想要對他行大禮。

李韓碩和他的狐群狗黨在玩弄自己的身體時，不曾吻過他。

實驗室為了將他身後的洞變得容易敏感，有仔細教導他該怎麼在身後上藥，但是關於這種接吻的事情，並沒有仔細向他說明過。

對實驗室來說，接吻這種事一點也不重要。這從他們只送來抽插身後的道具，並沒有教導他練習接吻的地方來看，應該就能知道了吧？

不過，韓常環也沒料想到，接吻會讓人感到心癢難耐，會讓人的心情變得很好。接吻居然是這種連深層的呼吸聲，都可以與對方共享的行為。

要是他回到別墅，依照韓代表的指示與人交纏，還與那些根本不知道是誰的陌生人接吻的話，那種感覺會讓他有多難過呢？但至少現在自己能永遠記得，第一個讓他體驗到接吻的快感的人是李鹿，那真的是太好了。

「……啊。」

原本朝著韓常環用力撲來的李鹿，像是喪失了戰鬥意志，突然低下頭。

「殿下？」

李鹿好像在說什麼，但在近距離的情況下，聲音只是非常細微又低沉，讓他聽不太清楚。話音拂過臉頰傳遞的嗡嗡聲，並不是從李鹿的喉嚨裡所發出的明顯震動，而是更接近將話語吞回後，所發出的低沉氣息。

「所以我很感謝您……但另一方面也覺得很抱歉，因為我實在是太不懂……啊！」

李鹿抓著韓常環屁股的手大大地用力，當然，雖然在這之前，他也將韓常環的屁股肉抓得緊緊的，但之前的感覺比較像是為了讓他不要隨便亂晃屁股，而這次的是一種無法用言語說明的色情感。

那樣的手法，像是充斥著想要馬上抓住並扒開它，然後在裡面肆意玩弄的欲望。

韓常環將頭向後轉，看著李鹿那彷彿是在搓揉麵團，緊抓著自己屁股不放的手。

然後他稍微低頭，又吞了吞口水。

韓常環經歷過一陣暈頭轉向的放肆後，重新看向了前方，如小鹿般的清澈眼眸正緊緊地盯著李鹿。

也許是因為韓常環那雙眼眸又大又明亮，沉浸於快感的感覺變得更加赤裸。在這個瞬間，一種冷顫感從尾椎下方瞬間竄起。

韓常環與李鹿視線相交的這一刻，連呼吸都無法好好呼吸，時間彷彿暫停似地，只有他們互相對望著。

此時，韓常環連呼吸都有些吃力，但他還是用盡全力努力苦撐，不想錯過李鹿每一分每一秒，渴望他投射而來的所有目光。

韓常環望向李鹿的眼睛，覺得他的眼眸深處正在燃燒著火焰，而兩人像是被按下某種按鈕，同時張開嘴唇微傾著頭。

對韓常環而言，這是一種很生疏的感覺。

雖然李鹿說得一副雲淡風輕，將自己說得似乎離超越期望標準還要很久似的。

但他還是一名皇子，就算繼承和儀式順序處於中間，也是除了太子之外，唯一一個嫡系後孫。更別說是，他出眾的外貌讓他有著不輸藝人的粉絲量。

韓常環難以置信，這樣了不起的人物居然會如激烈地對待自己，他的呼吸還因為比不上一般的接吻水準而變得炙熱。

「……呃，嗯……」

韓常環被纏住的舌頭瞬間被李鹿咬住，李鹿輕柔地吸吮著僅觸碰著嘴唇內部嫩肉的舌尖。

這……這也算是接吻嗎？不做任何事，只是吸吮著對方的舌頭，也算是接吻嗎？

「哈……呃……」

韓常環被吻到連呼吸都有困難，但嘴巴內有如融化般地香甜，面對人生中第一次經歷的新世界，韓常環完全冷靜不下來，纏在舌尖上的感覺令後頸的汗毛直直地豎立起來。

——嘰！

伴隨著腰部下方顫抖的感覺，焦急的下體也同時慢慢解放開來。

啊，壓到他身體的那種壓迫感，感覺真好，雖然從剛才就有一種很開心的感覺，但這是真的……他跟李鹿所做的一切行為，都令人開心得像是要死掉一樣。

「……那個，你等等。」

李鹿稍微往後退，並用手抹了抹臉，他看起來有點迫切，也看起來有點困擾。

「我這裡平常都……我都放在大腿這裡。」

「……嗯？」

「就是……」

「有、有哪裡不舒服嗎？」

怎麼辦……好像一直只有自己覺得開心。

韓常瑮對此感到尷尬，隨即為了修正姿勢顫動著身體，李鹿卻回一句「不，你先等一下」，就將韓常瑮稍微輕輕地向後推。

李鹿像是要親手修正姿勢，將手插入韓常瑮的腋下，並將他輕輕地抬了起來……在那之後韓常瑮這才終於明白李鹿的用意為何。

「啊……」

韓常瑮原本坐著的大腿……那硬挺鼓起的東西原來是……

「因、因為你一直動，所以……」

也許是韓常瑮那一副直直盯著像是要看穿問題的目光讓李鹿感到十分尷尬，幾聲乾咳過後，他就把韓常瑮放在椅子上，然後站起來。

李鹿接著將原本開著的窗戶關起，再按下設置於某處的按鈕，拉下窗簾，最後再次扶起韓常瑮。

「雖然這個的用法不是這樣用的……」

李鹿帶韓常環到一個用途不明的椅子之前。

這個東西無法稱作是床，但若要稱作是沙發，又不是能供多人共坐的結構，但又說這是混合了床和沙發的類型嗎？若是要讓兩個人在上面翻滾，空間上多少會有點窄小。

但是……嗯……至少拿來接受李鹿的那個，似乎不會有問題。

韓常環的手被自然地抓住，視線也跟著轉換，當身體一有動作時，絲綢墊褥就會輕輕地搔著臉頰。

「……你真的很神奇。」

李鹿「啾」的一聲吻向韓常環，隨即瞇起一邊的眼睛，仔細地端詳他。

「若是碰到沒吃藥的Omega，應該會是這樣的感覺。」

啊……

韓常環一直不停悸動的心，像是瞬間掛上沉重的鐘擺，重重地沉靜下來。

「抱歉，您、您應該覺得心情很糟吧？上次也是這樣……」

「啊，沒有啦，不是心情不好……只是覺得……」

李鹿表示，這是一種無法用言語說明的違和感，輕輕地咬了咬韓常環的鼻尖。

「雖然我有按時吃藥，很明確地知道自己不可能會發情……但是，有時候跟你在一起，還是會想著這樣是否安全，會不會有問題。」

李鹿並非是要對此責備什麼，就要韓常璟別再說對不起，接著像是在蓋章似地，大力地吻向韓常璟的額頭。

「不過……我有一件很好奇的事情。」

李鹿讓韓常璟直說，並將上衣完全脫去。

小麥色的肌膚和結實的肌肉，隨著他的動作也更鮮明地動了起來。李鹿穿著衣服的時候，韓常璟就已經覺得他有著寬厚的肩膀和纖細得恰當的腰，可說是完美倒三角形的身材。

李鹿脫了衣服之後，那完美的身材看起來就更完美了。這是連對發生性關係沒有興趣的人來說，也會讚嘆到令人窒息的煽情身材。

最近困擾著韓常璟的實驗裡，其中一項就是從他的生殖器、肛門……總之就是能與他人有性接觸的所有地方，都能散發出香氣。

對韓常璟而言，讓身後的洞變成其他用途的器官，並不是一件很痛苦的事。只是無時無刻都能溼的這一點會令他感到尷尬罷了。

但是關於香氣的實驗，則因為沒有既定基準，所以不論是接受檢查，又或是要向上報告，都會令他痛苦。

「這個嘛……至少我是沒有感受過。但大家每天都會吃藥，所以應該也差不多吧？畢竟，被判定為特殊體質擁有者的人每天都要按時服藥。」

李鹿輕輕地搖著頭，表示自己在海外巡防的時候，也不曾感受過那種感覺。

「還有，你別相信那種話，不久前還抓到了一個聲稱有Omega在內的大型性交易業者，聽說那裡的老鴇讓從業人員服用奇怪的藥物。我記得好像是只要吃了那種藥，就能原封不動地模仿出Omega的性特質？」

「啊……」

韓常璟為了掩蓋自己顫抖的眼神，便再稍微往李鹿身邊靠近。

雖然這些日子以來，已經聽李韓碩說到膩了，但他居然能夠從李鹿口中聽見相似的內容。

頓時有一股真實感湧現出來，那長久以來折磨著自己的實驗結果，到底流向了何方？

「感覺像是要給Omega貼上那種標籤，就是散發著好聞的香味、皮膚白皙、可以輕易地與任何人發生關係……不過那都是不像樣的言論。」

「就、就是，這些是不好的傳聞……」

「嗯，不過你和特殊體質無關，卻散發著特有的體味呢。」

「咦？我嗎？」

「嗯，就是一種體味。」

也許是韓常璟嚇到的表情太過好笑，李鹿輕輕地笑了笑，並安撫著他，表示這不是不好的意思。

「明明這是用來描述香味，用這種方式說明，可能會令人感到無言，但就是一種……柔軟的味道，也能稍微感受到沐浴乳的香氣。」

「這、這樣啊……」

韓常璟裝得一副不以為然的樣子點了點頭。

原來真正的Omega，是不會散發任何味道的啊……畢竟他們都吃了抑制劑，但是在實驗室的時候，他們為什麼要這麼逼迫自己呢？

仔細地想了想，他在入宮之前所進行的實驗，充斥著一堆無法得知其中意義的項目。例如能讓乳頭顏色自然渲染的軟膏，或是只要含著，口水就會散發出甜味的糖果……

當然，雖然這些都是目前尚未研究完成，也還沒正式生產的試驗品，但他使用過那些東西之後，他們也沒有去檢測那些可之為基本中的基本的荷爾蒙數值。

韓常璟不知道該怎麼形容，但與其說那些東西是與特殊體質相關的計畫……那更像是將一個人的身體，完全打造成性愛玩具的實驗。

「你在想什麼？」

韓常璟靜靜地回想起有關於實驗室的事情時，李鹿的手突然伸進韓常璟的衣服內，當他因為嚇到而緊縮起肚子，李鹿便因自己的入侵而對他道歉，又慢慢地撫摸韓常璟的肌膚。

「就算你現在想要反悔，我也不會放你走。」

「我……我沒有要反悔，我只是……」

從真正的 Alpha 李鹿口中聽到 Omega 體質的事情後，韓常璟的心情變得有些沉悶，雖然早就知道自己遭遇著多麼不像話的對待。

但是空想的認知和那刻苦銘心的真實感之間有著巨大的差異。

「呼……」

就像是要他別再想其他事情，李鹿掠過肋骨、不停按壓韓常璟腰間的手非常溫柔，那股搔癢的感覺就像是在為了不久前那令人窒息的猛撲而道歉。

那種感覺，李鹿那只望著自己的眼神，頭部後面接觸到的絲綢所發出的沙沙聲都太美妙了……這一切讓到剛才為止還在困擾著自己的思緒全都化為烏有。

韓常璟「嗯」的發出一聲短短的嘆息聲並翻了身。

沒錯，他們想打造的是假的 Omega 又怎樣？是性愛玩具又如何？現在與自己接吻的這個人，並沒有把自己當成別的東西，而是以對待一個人的方式在看待自己……

「不過這樣躺著看……你的身高也沒有想像中的那麼矮，站著看的時候還覺得你挺小隻的。」

李鹿那搔著肚臍附近的手拂過了褲子的鈕釦，輕輕地按著鼓起的下面。

「這裡似乎也沒有想像中的小。」

韓常璟滾動著雙眼「嗯」了一聲，雖然可以預想得到下一步會是什麼，但一想到真的要做下去，就突然有點害怕。

就算不知道該怎麼接吻好了，這不是自慰也不是被檢查，真的是自己第一次與人發生關係……這到底該怎麼做才好呢？

「看吧，你明明就會怕。」

「沒、沒有啊……我……」

陷入苦惱的韓常璟因為害怕李鹿會說要收手，畏懼著李鹿說要回到陌生人的關係時，他該怎麼辦。

於是韓常璟便裝得若無其事地笑了笑。

「我最近也是有變胖的喔，您看看。」

韓常璟捏起自己圓鼓鼓的臉頰時，李鹿便笑了出來。

他不知廉恥又不知羞恥地拿著巨大毛筆緊緊插入身後也不過是幾個小時前的事，除了捏乳頭，刺激內壁裡面有感覺的地方之外，韓常璟完全不知道插入式的性愛是怎麼一回事。

雖然他知道撫弄硬挺的柱體就能更快射精，但是研究員們表示盡量別去摸它，所以自己就連這種事也感到很陌生。

既然都已經變成這樣了，韓常環很想給李鹿一場既愉快又火辣的快感……不過他在看到自己很熟悉地壓低淫蕩的腰部，也沒有討厭自己，就覺得很慶幸了。

韓常環安撫著自己，告訴自己只要不忘記現在使用著他的身體的人是誰就行了，他應該不會在與殿下對到眼之後，就完全喪失判斷能力吧？

「以後再胖一點也沒關係，再高一點也可以。」

這樣李鹿以後摸他的時候，才不會有罪惡感，所以他要再努力多吃點。

韓常環聽見李鹿的嘀咕，他那滿是躊躇的心，這時才得以平靜。

李鹿分明說了「以後」，這句話的意思是，今天這場性愛並不是兩人關係的終點嗎？保留下次、下下次還有機會的希望和餘韻的話語實在是太令人開心。

韓常環便在心裡反覆嘀咕著李鹿的話語。

以後也、以後也……

李鹿在享受手上所感受到的肌膚觸感，並悄悄地將衣服往上拉時，躺在下方的金哲秀突然提起雙手，彷彿是在呼喊著萬歲的姿勢，像是在方便自己替他脫衣服。

雖然很感謝他的誠意，但因為看起來一點也不性感，反而讓李鹿笑了出來。

金哲秀……嗯，依照他所願意使用的暱稱來稱呼他……韓伊他真的是一位在很多方面都很神奇的人。

也許是自己的錯覺，但他有一種甚至覺得韓伊的身體構造都與他人不同的感覺，總之就是……普通人對Omega所抱持的那種偏見，若是真的具現化，是不是就是像韓伊這樣的身體呢？白皙又軟嫩的肌膚、細膩的體毛和凸起的乳頭，以及微妙的體香……

啊啊，所以他才會問出Omega身上是不是會散發出特殊香氣的問題。的確有這個可能性，但他的身體確實有點奇怪，而其中的原因目前也只朝向與趙東製藥有關的地方推測。

沒錯，如果是沒吃抑制劑的Omega……也許身上真的會散發那種挑動神經的肉體香味……

在他完全脫去上衣，並將手掌覆上韓伊乾瘦的胸口時，可以感受到咚咚作響的脈搏聲。與自己相似……不，應該是跳得比自己再更快一點的心臟，挾帶著興奮與期待的反應。在一接觸到肌膚時，心裡有一種更難忍耐的感覺。

剛才也因為金哲秀那好幾次的挑釁之舉，真的讓他失控到差點要直接插入了……

「那個……殿下。」

也許是金哲秀還有很多沒經歷過的事，所以好奇心豐盛的他小心翼翼地喊了自己。

李鹿笑著點頭，金哲秀像是獲得勇氣，朝他伸出手。

從金哲秀一路從手腕摸到胃部來看，似乎是從剛才開始就很想摸摸看他的身體。

「你怎麼一直在看我的臉色？你想摸也沒關係，不論是哪裡都可以。」

「啊，不是啦……我只是因為覺得神奇……」

「什麼？」

「明明就很結實……但摸起來也很柔軟。」

真是的，那才是我想說的吧？本來以為你很瘦小，但是真的觸碰下去，卻又不是那個樣子……本來覺得你的身體根本沒有一處能稱作是有肌肉的地方，但似乎又不是如此。

「那個……殿下。」

「嗯。」

「殿下的老二也有其他的稱呼嗎？」

「啊，我的老……什麼？」

李鹿本來想要習慣性地回應他，但這個令人瞠目結舌的話語，威力比想像中還要大。嗯……雖然那並不是不能在這種情況下使用，但是李鹿真的從沒想過，那種話會從金哲秀的口中道出。

「就是殿下的老二呀。」

看著李鹿什麼話也說不出來，只是張著嘴巴的模樣，金哲秀也許是以為李鹿沒聽見自己的問題，所以又再次用著稍微大一點的聲音，字字句句地再說了一次。

——殿、下、的、老、二。

「……天啊。」

「我在入宮的時候看了規範手冊，在稱呼像是陛下或殿下這樣……身分崇高之人的身體部位時，似乎有另外的稱呼方式。我只是很好奇，是不是也有其他詞語是用來稱呼這裡的。」

啊，媽的……

尷尬瞬間席捲而來，李鹿低下頭，心裡下定決心絕對不會放過勤禮院的那群傢伙。其實不只是李鹿，也有幾名皇室宗親表示過，對於還活著的人使用奇怪別名的傳統可以直接廢止。

結果他們根本不把人話聽進耳裡，這就造成了像現在這樣尷尬的情形發生。

「……老，呼……這話你是從哪裡學來的？」

「什麼話？」

「剛才的那個……」

「殿下的老二嗎？」

「……對，就是那個。」

「呃……老二不是能在字典裡查到的詞嗎？」

從韓常瑮驚訝地瞥向兩人的那個來看……沒錯，明明是好端端的一個詞彙，問題似乎是出在自己那感到臉紅的思考方式。

「嗯，我雖然不討厭Dirty Talk……但在這種情況下聽到老二這個詞彙，還是有一種想要翻閱知識百科的感覺……這真是神奇呢。」

「喔喔……」

也許是金哲秀感受到一股怪異感，他的大眼不停轉動，嘗試觀察現場的氣氛，甚至還發出「Dir……Dirty？」的嘀咕聲。

李鹿看到那樣的金哲秀，不禁感到又可愛又無言，因此笑了出來。

金哲秀每次都在突然丟出一句爆炸性的言論之後，再露出一副無辜的表情。

他每次遇到這種情況時，心裡就會小鹿亂撞，甚至連身體都會出現反應。李鹿感到自己非常庸俗，不對，應該是庸俗到就像是垃圾一樣……問題是自己並不討厭那親切與無禮的界線。

不久前他還大聲地對鄭尙醞堅持己見地表示，對方只不過是一個小孩子，幹麼做那種事。現在卻擔心自己是否真的會跟這彷彿初生之犢的孩子做這些事情。

但，真的沒問題嗎？一旦越線過一次，就會覺得所有行為再也沒有阻礙，現在還會期待，他會用什麼意外的方式，來考驗自己的下體。

「嗯……雖然老二的確是拿來……稱呼男性生殖器的。但是……先撇開皇室成員這點，一般來說這也不算是一種能自在使用的詞彙。」

「啊……真的嗎？」

「應該是真的吧？平常要是這麼露骨地稱呼性器官，可能會讓人覺得不舒服。」

「不舒服……這樣啊……」

「嗯……雖然我也沒辦法知道所有人在想什麼，只是我的想法是這樣啦！不過像現在這樣身體互相交纏的時候，似乎又很常用這個詞彙，啊，當然囉，也有人會在這種情況之下，也很討厭說出那種詞彙呢。」

「那、那您呢？」

一聽到有人不喜歡那種話，金哲秀就面如死灰地緊抓著李鹿，臉上寫著想要痛扁若無其事地道出老二一詞的自己。

「我啊……」

此時的金哲秀用那等待審判似的懇切表情望著自己，露出像是聽到不好結果就會整個人馬上跌落谷底的表情。

看到他那彷彿早就有所打算的純真模樣，雖然李鹿的心裡自動浮現出想欺負他的調皮想法，但要是真的欺負下去，結果害他哭了的話那該怎麼辦？

李鹿只好作罷，若是因席捲而來的快感弄哭他就算了，但自己真的不想讓他因為受傷而哭泣。

「嗯……首先，我不太想去回想起稱呼這裡的別稱為何，但我在平常的確不會把老二這個詞掛在嘴邊。」

「這、這樣啊？這個詞彙有那麼不……」

「不是不好。」

金哲秀「呃嗯」一聲之後皺起眉頭。

李鹿覺得很奇怪，這個人似乎將大部分的事情，都以好壞來區分，這是怎麼回事？但是他看起來又不笨，雖然偶爾會看到他常識不足的一面，但這句話有點極端。

李鹿心裡想著這種人最適合被趙東製藥的人放在身邊隨意使喚，並有一種有苦說不清的感覺。

搞不好這就是那些傢伙所意圖的事情……特別是以韓常璟立場而言，金哲秀是一名不論再怎麼欺壓他，他都會照單全收的純真性格。這種人最適合放在身邊當出氣包了。

「不過，我喜歡在這種時候用這種詞彙。」

「啊，真的嗎？」

「對，但是跟你用的感覺有點不一樣。」

「……那要怎麼用才行？」

「嗯……這個嘛……這有點難用言語說明耶。」

李鹿從來沒有認真想過發生性關係時會用什麼相關用語，所以他也不太清楚。但他確實並不討厭如此露骨的言語，反而該說是有點近似喜歡。

其實李鹿至今為止，從沒來沒有跟任何人認真交往過。

就像藝人一樣，他也擁有許多喜歡他的粉絲，但那些人對他也只有身為粉絲的感情罷了。大部分的人都覺得若是把他當作談戀愛或是一夜情對象，都會讓人感受到非常大的壓力。

沒有人主動靠近他，而他自己也從未有過那種覺得非這個人不可的強烈情感。鄭尚醞甚至還常常放肆地假哭表示，金玉其外敗絮其中是不是用來形容這種情況。

李鹿經過仔細的思考過後，這才發現金哲秀真的是第一個讓自己有如此強烈衝動想跟他身體交纏的人。

嗯……雖然在那之前，自己也經歷過幾次的性關係，但那就是他的全部了。

但現在能確認的是，緊抓著對方搖晃的動作，的確是自己的喜好。不論是愛撫或是體位，還有以各種方式逼迫對方、在開始哭之前先把對方帶上頂端，一切都令他感到非常美好。

以露骨的話語來表現，就是讓對方高潮是一件很有趣的事。

看著金哲秀開朗地問著自己的老二有沒有其他稱呼時，便有一種頭暈目眩的感覺，剛才為止焦急到像是要將魂魄吸走的吻宛如一場謊言。

那這意思是，現在可以再繼續進行下一步了呢？

李鹿輕輕往下一瞥，金哲秀正慢慢地眨著眼望著他。感覺現在要是再不給他答案，他就真的會哭出來。

一看到他那被口水溼潤而變得滑亮亮的雙唇和那稍微張開的嘴巴……下體就像是在取笑自己剛才還在苦惱是否能繼續下一步，開始刺痛到令人感到不適的程度。

「嗯……試過不就會知道了嗎？」

李鹿幫他把散落的頭髮往耳後撥，那被染成桃紅色的耳垂顫抖了一下。

他決定把一切的煩惱和判斷拋諸腦後。心裡想的只有想要在至今為止努力餵食的櫻桃小嘴裡塞進不同的東西看看，還想讓那曾溫柔輕撫的清澈眼眸流著淚水，表示自己喜歡殿下喜歡到要死了。

「啊……啊呃、呃……」

儘管韓常環被李鹿不停撫摸乳暈周圍的手弄得不斷大力搖頭，李鹿仍慢慢地用手輕撫著這個身體的每個角落。

面對自己那不得體的問題也仍然認真回答的殿下，彎著身體親吻著自己的全身，這種感覺跟之前那又急又像是馬上會爆炸的接吻些許不同。

到剛才為止，韓常環還能感受到他正在想辦法尋找自己有感覺的地方，但現在卻又和緩了起來。

李鹿像是想要掌握韓常環身體的每個角落，動作既緩慢又執著。

也許是因為這樣的關係，所以並沒有像韓常環自己做的時候那麼快速地射精。畢竟這也是李韓碩時常指責的部分，難免讓韓常環有些擔心。好險到目前為止，尚未發生其他令人尷尬的狀況。

雖然一直有一種奔向臨界點的感覺，心裡還是會因為其他原因而感到焦急與痛苦。

韓常環也知道要是再受到一點刺激，那令人窒息的快感就會如泉水般湧出，只需要再興奮一點點就行了……但是李鹿維持著適當的距離，不允許自己超越界線，好幾次都有一種在高潮前被絆倒的感覺，而這種刺激在別種意義上，也痛苦得像是要死掉一樣。

「既然話都說出口了，那我也直說了，我喜歡逼迫他人，也喜歡把人弄哭，也不排斥露骨又狠毒的言語，要求的態度可能會非常高壓。」在接吻前，李鹿分明如此說著。

韓常璟原先還有些擔心，他在發生關係的時候，會不會也有打人的習慣，結果他支配人的方式就跟他平常的樣子一模一樣。他在李鹿溫柔態度卻很明確的手掌心上被操控著。

韓常璟的身體手足無措地被他逐漸融化。

「我要脫你的褲子囉。」

韓常璟點頭時，啪的一聲，鈕釦被李鹿解開。內衣和下半身衣服一次就被全部脫掉，他似乎還聽見鈕釦被拆開的聲音。

雖然衣服老舊又有破損，令他有些難為情……但也沒有比壓迫感消失後，就馬上昂首的生殖器還要讓人害羞。

「已經有點溼了耶。」

李鹿用拇指抹了抹龜頭，仔細打量著流於柱體上的清澈液體。

「殿、殿下！」

而且更令他慌張的是，李鹿手上沾到的那個……從自己的生殖器流出來的骯髒液體，竟然被他親手放到嘴邊舔舐了起來。

「您怎麼可以……那、那個很髒耶……那個是……」

「你不喜歡這個？還真神奇。」

李鹿挑著一邊的眉毛笑著，模樣像是覺得無言又有趣。

「老二這種話都能如此輕易地掛在嘴邊了，真的讓我猜不透，你感到害羞的基準是什麼。」

「這、這……」

「不過你知道這樣的意外性，會讓人瘋狂嗎？」

或許李鹿不想聽見對不起，馬上打斷韓常璟的話語，並輕輕觸碰起他那昂首的生殖器。

「哈呃……」

原本搓揉龜頭的拇指，現在正輕輕地在硬挺的乳頭上游移著，李鹿用手將堅挺的乳頭肆意搓揉後，帥氣的臉龐突然靠向自己，似乎要將乳頭含進嘴裡……

韓常璟帶著半期待半害怕的心情，緊張得無法好好呼吸，卻又急忙地抓住他的肩膀。

「……怎麼了？」

好險，韓常璟制止李鹿那想將舌頭伸向乳頭的舉動。

看到那肌肉清晰可見的頸部和鎖骨，李鹿用低沉的嗓音追究起韓常璟剛才的勸阻。

不過從他伸出舌頭並舔了舔嘴唇的樣子來看，似乎不是因為心情被搞砸了……而是面對那般面貌，仍感到興奮的樣子。

「殿、殿下……褲子……您得……脫下褲子……」

「現在？這麼突然？」

「對，因為我……可能會……這樣的話……就會弄髒……」

「嗯？我聽不見。」

「我的意思是……萬一我……突然射了的話……」

「……啊啊。」

「衣服會變髒的……呃啊！」

語畢同時，李鹿的嘴唇咬上韓常瑮的乳暈，一隻手緊抓著另一側的胸部，另一隻手則是神速地將身上的衣服褪去，一雙手毫不混亂快速地處理一切，令人非常驚訝。

明明是韓常瑮在擔心自己不懂得忍耐的身體，害怕不小心弄髒李鹿的衣服，才會事先提醒他的……不過，現在看來這一點意義都沒有。

李鹿裸露的腿擦過小腿，膝蓋便卡進韓常瑮的雙腿之間，在大腿張開並動彈不得的情況下……韓常瑮推測應該是李鹿生殖器的東西正好與他的下體重疊。

那體積和重量……雖然他覺得人類的生殖器不可能會這麼大，還是會感到些微混亂。但肉體相疊的感覺，比任何高潮都還要強烈地觸碰著韓常瑮的敏感處。

清澈的流動液體開始浸溼著龜頭，激昂而起的老二就像是被人緊拉似地痠痛，完全沒想到脫得精光的身體，和他人有肌膚上親密接觸的肉體，會如此地感到刺激。

「啊呃，唔……」

感覺就跟剛才接吻時很相似，李鹿不是用舌頭，而是用嘴唇不停地吸吮著乳頭，觸感宛如被奶油包裹般的溫柔，但快感卻與那種溫柔成反比，就像是一陣火辣辣的暴打似地，突然一擁而上。

「殿……呃啊、啊！」

李鹿盡情地吸吮、舔舐著韓常璟的乳頭，但在韓常璟似乎快要射精的時候，他就像是事先察覺一樣，馬上將嘴唇抽離乳頭，輕輕吻向下巴或是頸部。

「我好像……要射、呃啊，啊！」

只是好像要射了，並不是指那個瞬間真的要射了，更不是指現在就想射。

但此話一出，李鹿就緊抓著韓常璟的生殖器，開始快速地上下擼動。巨大的手掌抓住韓常璟的身體，只是不停地肆意蹂躪，在他的手技之下，最強烈的情感便肆意地反覆著湧出後再被輾碎、分散、再次崛起的過程。

「啊，殿、殿下……我、我真的……」

「又不會有人偷看，這裡只有我們兩個人啊……」

「啊啊！」

「你為什麼要忍耐？」

李鹿表示，想射就射，想叫就叫，沒有關係……然後咬著韓常瑮那不斷往內縮的肩膀。

「這樣不是……很奇怪嗎？」

「什麼？」

「啊……！」

「沒錯，就是那個，因為快樂而發出的叫聲，我喜歡聽那種叫聲，希望你能叫得再大聲一點。」

「可、可是……」

「在跟我做愛時，忍不住發出叫聲，這個不就是你很舒服的信號嗎？」

「啊……」

舒服的……信號？

韓常瑮從來沒有這麼想過。他曾經因為身體被捆緊而過於痛苦想要做點什麼，而忍不住發出叫聲，但李韓碩一聽到就會對他拳腳相向並罵他淫亂，或是會要他再努力發出讓人聽了更想插的甜美呻吟……

當他吃藥並練習擴展身後的洞時，深怕被人發現，韓常瑮必須把嘴巴堵起來。因此當身體出現這種感覺時，他都會習慣盡量把聲音壓到最低。

「所以啊，你想做什麼就做什麼，想怎樣就怎樣，沒關係，不會有人說什麼。」

但是李鹿說……一切都沒關係，可以想做什麼就做什麼……還說喜歡聽自己有些沙啞的叫聲，說想射精就直接射沒關係。

「呃呃，我、我對殿下、真的……」

「你該不會又要哭了吧？」

李鹿親吻著頸部的嘴唇慢慢往上移，在臉上四處游移，溼潤的肌膚在耳垂、下巴還有臉頰上發出「啾啾」親吻聲，然後再次吻向了雙唇後離去。

本來還在期待他能吻住自己的，這樣至少嘴巴在被堵住的情況下，就不會發出任何聲音了……而李鹿像是察覺到韓常瑮的心思，慢慢地將臉抽離他的面前。

「我想看你射的表情。」

「呃，這……快停下……」

親咬耳廓的炙熱體溫，再加上舌頭舔舐的黏糊聲響，讓韓常瑮的腰部小小地扭動起來，比這更難以忍受的是，李鹿在他的耳邊發出的嗓音及呼吸聲，輕柔地催促著自己，表示想要看他高潮的表情，還有過於性感的低音……

「呃啊，啊啊……啊！」

「什麼嘛……很美啊。」

李鹿無聲地用更大的力道搓揉著仍站得硬挺的生殖器，每當這種時候，累積下來的精液就會突然流出來，搞得韓常璟害羞得抬不起頭。

「……呃呃。」

「為什麼不想讓我看？你剛才那個表情，似乎能勝過一切呢。」

「這、這……」

其實韓常璟自己連一次也沒看過……不對，怎麼可能看過？他怎麼會知道自己射精時的表情究竟是如何？

更何況他一點也不好奇，李鹿絕對只是說說的罷了。

緊緊皺起的眉頭、一直張開的嘴唇，有時候還會舒服得流出口水……那種表情怎麼可能會看起來漂亮呢？

儘管知道這些，韓常璟的心還是因為李鹿那一句漂亮的場面話而不斷地被融化。

「所以……你現在想要怎麼做？」

「呃……殿、殿下您呢……？」

「我？」

「您想……做什麼呢？」

他已經依照自己的意願射精，也努力盡情地叫出聲，如果李鹿還有其他想要的願望，自己也心甘情願地為他實現。

這並不是為了感謝李鹿允許自己射精，而是想報答他願意讓他做任何想做的事情，以及稱讚他漂亮的那份溫柔。

「那……我可以吸嗎？」

「吸、吸我？」

「嗯。」

雖然這問題有點沒頭沒腦的，但是他都說想要了……

韓常環點頭表示可以，李鹿就抓住他的膝窩，並往自己的方向拉去。上身終究支撐不住，頸部和部分的背部靠上墊褥，變成有點懸在半空中的狀態。

呃，雖然不知道他想吸什麼，但如果身體被轉成這樣……那應該連洞都會被他看到吧？還在流著精液，冒失的生殖器和陰囊也正在處於不上不下的尷尬狀態。

他打算叫一下李鹿……

在韓常環張開嘴巴之前，李鹿便用自己的雙唇溫柔地包覆住被精液浸溼的龜頭。

「殿、殿下？」

這……這是第一次，不，反正跟李鹿在一起的每個瞬間都是第一次，所以也不需要事事都感到新奇，但到底為什麼要……含住那個……

「啊呃、嗯……！」

韓常璟的手無處可去，只能不停地掙扎，並朝墊褥上猛抓。本來是想隨便抓住什麼東西，但也許是李鹿的技巧太好，讓韓常璟被緊緊地固定住，什麼也沒抓到。

李鹿像是在吃糖果似地發出啾啾聲，接著舔舐著柱體，再用舌尖宛如摳弄般按壓龜頭。在這個瞬間，一股想射精的感覺席捲而來，像是蘋果般分裂成兩半的屁股，在小洞反覆開闔的時候，發出啪啪水聲。

話說回來，他到底該怎麼說明會自動溼掉的下體才好？李鹿一定會覺得奇怪，但是對方將精神集中於目前的行為，似乎也沒有想要指責他，而韓常璟也沒有自信能在這種情況下讓李鹿停下。

「啊呃，呃……！」

還有，其實他完全找不到將李鹿推開的空隙，就又馬上射精，這次還是射在他的嘴裡。

「啊……」

對不起、小的惶恐，真是搞不懂自己的下體為什麼會是那種樣子……

韓常璟將抱歉的詞語掛在嘴角邊嘀咕著，但身體卻因為那過去不曾感受到的快樂而放鬆，讓嘴巴什麼話都無法說出。

「……沒了嗎？其他想做的。」

李鹿轉過頭，將嘴裡的精液吐掉，並用舌頭抹去殘留於嘴角的精液後笑了笑。

韓常璟呆呆地望著那張帥氣的臉龐，最終將手抬了起來，遮住自己燒燙的臉。

呃啊啊，現在想來，似乎得感謝李鹿沒在自己面前將精液吞下，畢竟他用舌頭舔去雙唇上的精液時，似乎有點過於煽情。

「其實我還想再繼續吸，因為實在是太美味了。」

「咦？我……我……」

李鹿完全不給他回答的機會，就用舌頭舔向韓常璟腫脹的會陰部，體液交纏而發出的聲音、溼潤的肉體所發出的摩擦聲……連韓常璟根本就不知曉其存在的部位一受到刺激，興奮的呻吟聲就如潮水般地不斷湧出。

感覺好奇怪……不是生殖器，也不是肛門，身體的某一處似乎正在燃燒……但這是第一次感受到的快感，所以韓常璟也沒辦法說明自己的狀態。

「我、那……殿下，啊呃！」

李鹿咬著韓常璟的會陰部和陰囊，僅將頭稍微抬起並「嗯」了一聲，下方傳出唔嗯震動，韓常璟的腳就整個蜷縮起來。

「請、請摸我……我的胸部……」

「……嗯？」

「我……我只要摸乳頭……心情就會很好……」

韓常璟所知道的，能讓自己感受到刺激的方式只有兩種，一個是磨蹭乳頭，一個則是抽插溼潤的洞。

但總不能在李鹿吸吮自己生殖器的同時，說要往身後插著什麼……所以韓常璟才會提出撫摸胸部的提議。

其實韓常璟好奇的、想做的另有其事，像是摸摸看他的肩膀，又或是想回敬李鹿對自己的那一陣激烈的瘋狂親吻。但他畏懼著，若是自己貪婪地飛撲過去，讓李鹿因自己的淫亂而感到害怕，那要該怎麼辦？

所以韓常璟最終還是沒能提出那樣的請求。

「啊，哈哈……」

李鹿用帶著一絲空虛感的表情乾笑一下。

「什麼嘛！我還以為你是想摸我的胸部。」

李鹿搔了搔脖子，表示雖然這樣也無所謂……

「我有點嚇到，想說你怎麼會這麼積極……不過以別種意義而言，這的確是很令人驚訝的事，嗯……把手伸出來吧。」

「我的手嗎？」

「對。」

當韓常璟猶豫不決地伸出一隻手時，李鹿便咬住韓常璟的指尖，然後就像剛才用嘴巴含住自己生殖器一樣，反覆地吞食並舔舐著指節。

「現在用手抓著那裡……然後擰擰看。」

「啊……」

也許是因為韓常璟的手沾上口水，變得溼滑，這跟平常在搓揉乳頭時的感覺有點不一樣。

這是當然的，畢竟之前韓常璟並未用過溼潤的手，抓拿或是搓揉乳頭。

「如何？跟我用嘴巴吸吮時的感覺有點相似吧？」

「呃嗯……」

韓常璟身體全部的神經都沸騰了起來，他就像是被脫去電線皮的故障電線般冒著火花，再這樣下去真的會大事不妙。

「這是認同，還是不認同的意思？」

李鹿的嘀咕聲中充滿笑聲，正確來說，他一開始會笑，只是覺得韓常璟很可愛。但之後又覺得這不應該是能笑的事情，所以又馬上閉上嘴巴。

在他那充滿情感糾結的嗓音中，透著更加炙熱的氣息。

「啊……殿、下……啊！」

總之，李鹿的話是錯了，雖然他很討人厭地問對方是不是有感受到自己撫摸時的觸感，但身體都已經變成這樣了，那種問題根本就不重要。

「乖，現在開始就要從這裡抽插，你就乖乖地自己撫摸那裡。」

李鹿那端正的鼻梁觸碰到韓常瑮的鼠蹊部，冰冷的鼻尖刺激著會陰部和陰囊，而那張開得恰當的嘴唇則開始瘋狂吸吮附近的嫩肉，溼潤的肉體磨擦出的潮溼啪啪聲大聲地迴響於山月閣內。

很髒耶……到處都噴滿了精液……

在那如潮水般湧現的感覺中掙扎到一半，韓常瑮便突然清醒了過來。

李鹿看起來似乎沒有怎樣，只有自己有著在泥沼中不停掙扎的感覺，但是他看起來很喜歡那種既雜亂又淫亂的痕跡，笑著將精神集中於韓常瑮的下體。

「呃呃……」

韓常瑮面對李鹿所帶來的衝擊性快樂，他束手無策地漸漸崩潰，真的是舒服到不行，這跟在實驗室或是從李韓碩那裡所感受到的完全不一樣，自己動手的時候也無法與現在的這個感覺相比。

這個如此溫柔的手技、啟發、實驗都是第一次，不對……啊……

韓常瑮轉著眼珠，並望著閣樓的天花板，實驗……不該用這種表現方式的，明明就有其他詞彙，是可以將這樣的行為形容得好聽一點的。

不過他從來沒有經歷過能稱之為前戲或是愛撫的行為，所以韓常瑮根本就不知道，也想不到這樣的詞彙。

明明正在接受李鹿的全心全意的對待，卻只想得到這樣的感想，這讓韓常瑮不禁有點埋怨起自己。

而更令人發狂的是，快感還在層層堆疊，並逐漸形成斷層。

只要稍微用力地撫摸著因受不了刺激而挺起的乳頭，舔舐著柱體的李鹿就會稍稍瞥向韓常瑮。

他的眼神看起來不像是指責或高興，似乎是在觀察韓常瑮的狀態……每當這種時候，韓常瑮的身體就會尷尬地顫動，洞也會在大力張合後溼透，動作激烈到李鹿不可能沒有感覺。

「摸胸部有這麼舒服？」

「是，很舒……啊，呃呃……舒服……」

「那還真是大事不妙。」

李鹿用手推著韓常璟那站得直挺挺的生殖器，並歪斜著頭。

「如果是特定的部位會有感覺，這樣反而會比較辛苦耶。」

「是……是嗎？」

「因為有可能會容易高潮，接著馬上無力……而且用其他方式也感受不到刺激。」

真奇怪，不努力撫摸，也能輕易高潮、輕易射精……所以李韓碩總是說他的身體是非常有效率的身體啊……結果其實……這樣並不好嗎？

韓常璟以前在別墅的時候，要在乳暈上塗上一層厚厚的像是凝膠的東西，然後再用細絲綁緊後才能睡覺。

依照研究員的說法，在手指甲上染鳳仙花水的時候也是用這種方法，但因為韓常璟不太懂什麼是鳳仙花水，所以也不清楚研究員說的究竟是真是假。

雖然一開始細絲掐入肉裡的感覺令人有點緊張，但除此之外就沒有什麼了，也沒有因為那樣的行為感受到什麼特別的刺激。

像這樣，韓常璟一直用比頭髮還纖細的細線束縛著乳頭好一陣子之後，也不知道是從什麼時候開始，就算他不對乳頭施加任何行為，它們也總會輕鬆地挺起。

韓代表看過之後，評論說雖然乳頭的顏色並沒有達到他心裡的標準，但看起來似乎比一開始還要有用。

韓常瑮進入連花宮之後，嗯……大概是在李鹿剛退伍，並要踏上海外巡防之旅的時候。

當時，韓常瑮每天都被李韓碩和他的客人們捆綁四肢，並在他的胸部上塗抹藥物，那東西看來像是油，也像是凝膠……不過，韓常瑮仍然與平常一樣，根本就搞不清楚那些傢伙到底在自己身上用了什麼。

總之，每當李韓碩覺得無聊的時候，就會在韓常瑮的乳頭上弄些什麼，將原本就紅通通得像是成熟果實的肉塊捏到腫脹，甚至加以搓揉。

韓常瑮就這樣經歷好幾天的痛苦。

他並不是因為胸部，而是因為被纏住的手腳發麻而流下淚水，這些人到底想做什麼？為什麼要讓他感受到這些痛苦……

只要韓常瑮小聲哭泣，就會有人拿小夾子狠狠地夾住他的乳頭，但是當包覆著橡膠的部分碰觸到敏感的部位，韓常瑮的下體就會不自覺地浮躁起來，接著就像是失禁般地流出精液。

韓常瑮看見身體突如其來的反應而目瞪口呆後，李韓碩這才願意放他身體自由。

李韓碩當時說過，他很好奇有人能不能光靠撫摸乳頭就能射精。

他那樣恐怖的好奇心也不只是一兩天的事，而最終也像平常那樣，用折磨韓常瑮身體的方式，來得到自己滿意的答案。

只摸胸部就射了，而勃起狀態還在持續，雖然感覺是因為無法忍受那層層堆疊的性快感，最終才爆發出來的。

但對韓常璟而言，這些根本都不是重要的問題，包含李韓碩在內，趙東製藥的人思考方式都非常相似。為了能夠看見自己所期望的成果而去製造過程，以他們的立場來說，不論是用什麼樣的方式，只要能看見一次有意義的成果，那麼這場實驗就算是結束了。

「嗯……以後再慢慢找也可以吧？」

「咦？找……找什麼……」

「除了這裡以外，能讓你有感覺的地方。」

李鹿用嘴巴吻向骨盆、肚臍附近和側腰，然後再慢慢往上，從這時能聽見身體下方傳來的騷動聲來看……他似乎是在準備要插入。

韓常璟板著一副悲壯的表情，努力控制著自己因不安而變得混亂的呼吸。

這是第一次，有真正的生殖器要放入自己的身後，嗯……雖然也有想過，洞被插的感覺應該都差不多吧……反正自己身後的洞不論放什麼進去，都能夠感受到快感……

但是……現在卻又在想著，若插進去的是李鹿的生殖器，那會是什麼感覺呢？

殿下也會覺得舒服嗎？雖然已經經歷過無數的實驗，他卻從未學過這種事。自己所知道的就是別人指示什麼，直接照做就行了，只要用盡全力縮緊身後就可以了，這些就是韓常瓔所知道的全部……

如果真的那麼做的話，李鹿也會有感覺嗎？他會覺得舒服嗎？

韓常瓔開始擔心，會不會只有自己開心地搖晃屁股，而李鹿只是看著自己就會心灰意冷呢？

更重要的是，李鹿的老二，呃，他……他的下面……因為不知道他的尺寸到底有多大，所以心裡也感到一些不安。

光是從剛才在大腿附近突出的那個輪廓來看……感覺非常雄偉，似乎也比練習用的那根木棍還要大……

這讓韓常瓔想，那個東西該不會比柳永殿毛筆大吧？

韓常瓔想起毛筆刮著內壁時的沉重和厚實感，快速地搖起頭。

那支毛筆上面還有紋路，不管怎麼樣，李鹿的下體都不可能比那支筆還要粗大，所以等李鹿真的插入時，一定不會痛，一定能輕易地插進去……

「呃，很痛嗎？用手的時候，明明很輕鬆地張開的。」

「……啊，這、這……」

……剛才明明就覺得一定會很輕鬆地插進去，但是在那又粗又燙的肉塊接觸到自己的入口時，韓常瓔瞬間忘記腦袋裡的一切想法。

現在可是連插都還沒開始插呢，但是……居然這麼大？最粗最大的部位都還沒進去！

「沒事的，放輕鬆。」

韓常環完全放鬆不下來，慌張地彎起身體。

這到底是怎麼回事？好想看看兩人身體相觸的地方，感覺得先確認一下……那個要穿透自己洞的東西到底有多大。

「殿、殿下……」

「嗯？」

「這、這個……」

韓常環將下顎往後伸，並確認了下面的狀況，他不可置信地快速揉了揉眼睛。

怎麼會……這麼巨大的東西，怎麼可能會是人體的一部分？當然……李鹿本來就高、肩膀也很寬。身體條件的確很好，但就算是這樣，大到這種程度……真的像話嗎？

「嗯？怎麼了？」

不，這不是能如此天真詢問的問題……韓常環伸出舌頭，並舔了舔自己乾掉的雙唇。

「這、這麼大的東西，要怎麼……」

「啊啊，別擔心，反正這也沒辦法全部塞進去。」

李鹿將理所當然的話語說得像是非常了不起的妙計，韓常環則是想起不久前在御膳房看到的杵，用稍微誇張一點點的說法來形容，就差不多是那樣的尺寸和粗度。

「不、不行。」

李鹿緊握住韓常璟輕壓在心口附近的手，並往頭部側邊挪動，再慢慢地捆住手指，讓韓常璟不得動彈。雖然他的手法就像在幫自己洗去指尖的墨水時一樣溫柔，但跟之前不同的是，這次是真的十指交扣。

「要是就這麼放著，你就會摸乳頭了吧？」

「不、不是那樣的……啊……」

「不可以一直只摸有感覺的地方。」

明明只是因為緊張……所以才會把手隨便放在胸口，想說要做一個深呼吸啊……但李鹿卻像一名嚴格的老師，搖了搖頭。

若要用實驗來比喻的話，就像是在去除其他外部因素之後，要自己只集中在被規定的唯一刺激就好。

「啊，殿下……可、可是，這太、太……」

感覺光是一點點的插入，身後的洞就會被撕裂似的，就算是會輕易地張開、變淫，不論是什麼，都早已做好接受一切準備的洞也會感到非常吃力，而更令人痛苦的是……韓常璟最有感的部位之一，其中一個就在洞的入口附近。

很痛，真的痛到快要哭了，但是那比任何時候都還要強力刺激頂點的感覺，讓張開的大腿像是痙攣似地顫抖，無法被稱作插入的這個行為，已經讓韓常琛有想要射精的感覺。

「呃啊、啊！」

「呼……韓伊，等等……你先放輕鬆。」

興奮的感覺擴散至整個身體，然後又放鬆下來，韓常琛的身後也充滿了力量，小洞也不經意地咬著李鹿的生殖器，並快速地反覆收縮。

「我什麼都還沒放進去耶，實在是太緊了。」

好不容易才通過入口的他，一副痛苦似地緊咬著雙唇。

「對、對不起……」

看見李鹿緊皺眉頭看似有些費力的神情，韓常琛又開始泛著淚。因為自己不會接吻……也不知道該怎麼做愛，所以才會搞得殿下這麼辛苦。

至少從今年開始，自己所經歷過的實驗，還有那些要自己服用的藥物，最終都是為了讓他能在這種事情上好好表現……意思就是要將他的身體打造成能夠做愛使用的身體。但結果卻是，連這輩子唯一的才能，都表現得這麼差……

「不，你有什麼好抱歉的呢？」

李鹿眨著一邊的眼睛，並深呼吸了一口氣，韓常琛擺著哭臉的雙唇像漫畫主角般大肆顫抖時，李鹿便帶著笑意咳了幾聲，並搖了搖頭。

「仔細想想，你似乎有著不好的習慣耶，你又沒有做錯事，為什麼總是要先說對不起呢？」

「可、可是……」

李鹿不想聽見他的答覆，彎下身體，從骨盆和肚子到心門下方，就像是鋪鐵軌似的，兩人的裸體互相觸碰到了彼此……嗯？還是該說是互相交合呢？

「殿下……」

「沒關係，如果你不懂，那從現在開始磨合就行了。」

李鹿那厚實的指尖輕敲著韓常璟泛紅的臉頰、圓鼓鼓的額頭和眉骨，以及沾上淚水的眼睫毛，感覺自己像是一碰到就會粉碎的糖果，他那小心翼翼對待自己的手，彷彿將一切的擔心與不安一掃而空。

「沒錯，稍微再放鬆一點……只要用這個速度呼吸就可以了。」

原本緊扣的十指在李鹿的安撫之下鬆懈下來，卻又馬上感受到空虛，明明是第一次與人十指交扣，但當第一次感受到的這種溫度消失時，卻有一種自己的東西不見的惋惜感。

「啊……！」

「沒事的，再次大口呼吸……對，你做得很好。」

看著那孤零零垂在耳邊的手，韓常璟這才明白李鹿之前說的空虛感是什麼，空虛的不是手，而是心才對，莫名地感到可惜、寂寞……總之，一種無法用言語說明的焦慮一湧而出。

這原因不明的飢渴，也許就跟飢餓相似吧？讓人不禁覺得，不論是用什麼都好，若是什麼東西能夠填滿自己，那這種空虛感也許就能稍微好轉。

不論是李鹿給自己吃的食物，那緊緊相扣的十指……又或著是他的巨大生殖器。

「你的裡面……雖然用手好像能輕易地撐開，但其實很窄呢，真神奇。」

「喔……那個……啊！」

李鹿在提問的同時，龜頭和其下方那最厚實的部分，便快速地衝進了韓常璟體內，那裡原本已經放鬆到完全張開，但在真正被插入的時候，卻又緊縮的狀態來看，就算再拖下去，似乎沒有什麼好處。

「現在呢？呼……韓伊，你感覺怎麼樣？」

「怎、怎麼樣……啊，呃啊！」

「現在還好嗎？舒服嗎？」

一開始進去的時候最痛苦，而在那之後就沒有那麼費力了，不對，也不是不辛苦……

不過韓常璟現在也恢復到可以好好呼吸的程度，光是李鹿的手輕柔地撫摸他的臉，就讓韓常環有了那種感覺。

「我、我……啊、啊啊！」

李鹿一鼓作氣地插入，腰部開始緩慢晃動，那一切的想法和理性瞬間消失。

雖然不知道身後的李鹿是否也能感受到體溫，但是真的好熱……內壁的每個地方似乎都燃起火焰的感覺，真正的生殖器摩擦刺激所帶來的感受，是木棍或毛筆插進去亂攪都無法比較的。

「都、哈呃、都……都進來了嗎？」

「怎麼可能。」

李鹿笑著表示自己只是稍微插進去一點點而已。

「嗯……我在估算能插到什麼程度。」

「已、已經很滿了耶……」

因為韓常環的身體與李鹿緊緊相貼，所以能看得見的部位就只有李鹿那張帥臉和清秀的頸部，以及方正又厚實的肩膀。

若要說韓常環的身體因為沒能照到太多陽光，而白皙得沒什麼血色，那李鹿的身體就是藝術家努力打造出的瓷器色澤。用手指緊壓就會彈開的結實肌肉上凝起顆顆汗水，依附在肌膚上的水氣彷彿滲透出閃閃光芒。

「什麼嘛！你似乎只喜歡我的臉耶。」

「……咦？啊，啊啊！」

「我插你插得這麼認真，但你卻只盯著我的臉看啊。」

「不……不是那樣的啦……哈呃，唔！」

身體在韓常璟語畢之前大力一晃，李鹿的生殖器深深地插入比現在還要深的地方。

插這麼深沒問題嗎？這樣身體不會有哪裡出問題嗎？

「你剛才也不回答我……我搞不懂你到底喜不喜歡這樣。不過，你的身體好像挺喜歡的。」

「哈呃，我、我喜歡！」

「真的嗎？」

「對，好、哈呃，好……好喜歡……可是，啊！」

「可是什麼？」

「……太、太大了……」

將巨大的生殖器插入窄小的洞裡，的確是件很費力的事……但是像現在這樣，隱藏在最深處的肉體，毫無保留完全綻放的樣子，令人相當陌生。

「你若是什麼都不說，我什麼都不會知道。」

「啊……！」

李鹿那試圖插得再深一點的生殖器，觸碰到當初用厚重的毛筆到處探詢，好不容易才找到的那個刺激點。

但其實李鹿也沒做出多大的動作，只不過是為了尋找對的位置而往內插而已，卻讓韓常瓌再次眼冒金星。

「要、要我老實說嗎？」

「嗯，哪裡感覺怎麼樣，是喜歡？還是討厭？」

「裡面似乎被殿、殿下的老二……填滿了，可是我還是覺得空虛……」

一聽見這個詞，李鹿腰部的動作似乎就稍微慢了下來。啊啊，剛才他聽到那個詞之後，表情變得有點困擾……雖然他還不是很清楚那些用來稱呼生殖器的詞彙確切地使用方式，不過，下一次還是換成別的詞彙好了。

「對、對不起……但是這感覺真的太，呃嗯……太舒服了……明明裡面像是要爆炸了……是，唔……但還是想繼續用殿下的那個填滿裡面。」

「這種時候……哈、啊呃……就是用空虛……啊……來形……容的……對吧？殿下……」

韓常瓌用盡最大的努力坦承自己的感覺，但是李鹿的表情似乎不太對勁，難道錯的不是老二那個詞，而是空虛嗎？

慌張的韓常琛觀察李鹿，並將手伸向了他那凸起的二頭肌。

「喔……我自己一個人做的時候都不知道……但是殿下您的老二每次進來的時候……嗯，就……呃嗯……只要碰到那種地方……我就會因為忍不住想射而感到害羞。」

意思就是，殿下抽插的所有地方都很棒。

就算現在將自己講得出口的真實感想道了出來，李鹿仍然沒有任何反應，就連小心動作的腰部也停了下來。

本來在察言觀色的韓常琛則與以往李鹿對自己做的一樣，朝李鹿伸出手，但因為不能隨便用手觸摸皇子殿下的臉，便小心翼翼地撫摸他的肌肉。

自己在被李鹿撫摸的時候，心情是那麼地好，那李鹿被自己摸的時候，應該也會覺得心情很好吧？

「呃……對不起，呃，我本來沒有想用這個詞的……但我知道的不、不……啊啊！」

那盯著自己的眼眸，似乎自深處傳來濃厚的情感，李鹿用無法與之前比較的強度快速地扭動腰部，兩人身體互相連結的部分發出啪啪啪的水聲，接著是肉與肉之間相撞的聲音。

其實插入的程度並沒有變得更深，也不知道是什麼原因，李鹿就像第一次吻他時的那樣，激烈地動著身體……他那令人驕傲的碩實生殖器則一直在裡面不停壯大，搞得韓常琛不禁感到心慌。

「殿、殿下……為什麼……」

抵到最直接之處的密度和體積讓韓常璟喘不過氣，為什麼要突然這麼地……感覺就像是著火似的……啊啊，難道殿下所期望的，並不是心裡最真實的感想？本想在他面前好好表現的……至少希望他能喜歡自己的身體……

「請、請問我、我的身體是不是……」

韓常璟帶著滿滿的恐懼，將自己嘴邊的嘀咕吞回去，下次向韓家報告的時候……一定要問問他們是不是有能夠止住淚水的藥……

「殿下，呃，我……啊、啊！我因為是第一次……所以還不太會，但只要您教我……」

——那我就會好好改正，不論是什麼我都能做，拜託給我能慢慢聽話改進的機會，拜託今後的夜晚，也要給我能與您相約的機會。

韓常璟本來是想這麼求李鹿的。

「……什麼？第一次？」

李鹿瞬間停下動作。

「我、啊……！殿……殿下！」

這跟之前溼漉漉的聲音不一樣，而是以痛苦為主的尖叫聲。

「啊……抱歉，很痛嗎？」

李鹿急忙地將動作停下，並輕輕撫摸相連的部分，還好目前沒有乾掉……看來是因為嚇到而慌了手腳，導致一次插入得太深。

呃，話說回來……第一次？這是他第一次做愛？但是他剛才還說什麼自己怎樣怎樣的，不是嗎？但這卻是第一次？啊，仔細想想……他在第一次接吻的時候，也說自己感到很慶幸……

這個狀況很明顯地不尋常，跟人接吻和做愛都是第一次，但是卻有抽插身後來自慰的經驗……

李鹿就像是揮去水氣似地快速地搖晃著頭部，也許是因為醉意上來了，搞得他有點頭暈。不，嗯……這也是有可能的，出於好奇便往身後抽插，這有什麼好奇怪的？

但是金哲秀沒有上過學，連消夜是什麼都不知道，到底是誰教他那種對待身體的方法？他可是連對於何謂本能的認知學習都沒有，獨自被困在這個扭曲世界的可憐之人啊……

而且金哲秀明明就不是Omega，但卻有著像Omega一樣，會挑動他人神經的特異體質……

在用嘴巴幫他吸、用手讓他放鬆的時候還沒想那麼多，但是現在想想，他在沒使用任何道具的情況下，就能自動溼透的身後確實有點奇怪，那像膠水一樣清澈又黏稠的體液就像潤滑劑一樣。

總之，那體液明顯就是有著與愛液相同的功能，但是他連一次吻都沒接過，卻很熟悉該怎麼使用後面……

「……殿下？」

在下方發出呻吟的金哲秀小心翼翼地喊了自己，他那張淚水與熱氣蔓延的臉龐正發紅著，也許是對自己正猛盯著的自己的視線感到尷尬，他看起來是鼓起非常大的勇氣這才開口。

「殿下……我表現得有……這麼……差嗎？」

「不，不是那樣……不是，抱歉。」

李鹿基於歉疚的心而低下身子，本來打算給他一個吻，但在這個瞬間，卻被一個如羽毛般的東西搔癢著腰部的某處，當對方彎曲的膝蓋碰到李鹿側腰時，他這才明白那是金哲秀的腿。

被打得開開的小腿正跨在自己的腰部和臀部上，他看起來是想緊緊地將它環住，但卻又猶豫自己到底能不能那麼做。

「殿下……」

多虧這有點喝醉的姿勢，被汗水浸溼的細白嫩肉變得滑潤，纖細的雙腿也輕柔地壓上李鹿的身體。

「對不起……但、但因為……這樣很舒服……」

「因為這樣很舒服……」在金哲秀拉長語尾的瞬間，他那柔軟、不知所措的腳尖便掐進李鹿尾椎附近凹陷的部位。

「啊，呃、啊啊！」

「我真的是……」

李鹿試圖尋找相交之處究竟在何處的理性瞬間消失，甚至對於自己盲目行動的身體感到煩膩，現在的李鹿直接想也不想，僅將腰部的晃動專注在眼前這個白色肌膚。

當進出的速度變快，金哲秀搖搖晃晃懸掛的腿便一點一點地綑緊李鹿的腰間，兩人的身體就像是鑰匙接合般包覆在一起，但是怕再插得深入一點，可能真的會出大事。

所以李鹿只放進一半的生殖器，並用龜頭的尾端磨蹭著內壁，強度突然改變，好似鞣製的插入，讓金哲秀的身體輕輕地一起晃動。

「呃啊！」

「腿再纏得緊一點也沒關係。」

「可是……這、這樣您……不會痛……嗎……啊啊！」

金哲秀擔心這個意想不到的問題，實在是太可愛了。

這讓李鹿不禁笑了出來。現在是你那窄窄的洞正在被插耶，但你卻在擔心自己纖細的腿會勒痛對方？

「就算你抱著想把我的腰弄斷的想法，緊緊纏住我，我也不會覺得痛……所以你可以再用力一點沒關係。」

「啊，殿下……呃啊……」

就算不另外給予刺激讓他射精，金哲秀的生殖器上總會有著清澈如水般的精液，讓人會為此替他擔心，這樣一直流出來，真的沒問題嗎？

每當自己的身體一動，都是將炙熱的生殖器往李鹿肚子上磨蹭，再加上也許是因為不論內側柔軟的某處被怎麼刺激都很有感覺，韓常瑮整個人幾乎接近昏厥。

「太、太……呃啊，快……啊嗯、啊……啊！」

雖然他對於對方所叫出的呻吟聲也有區分所謂的喜好，這的確是有點可笑，但其實李鹿不太喜歡為了發出鼻音，故意不好好說話的人。

李鹿對於剛才的動作，不知道該怎麼向金哲秀說明而有些困擾。但他並不討厭在做愛過程中說話，表明自己有感覺的地方是如何。

希望能怎麼做的言語根本不是問題，李鹿反而比較喜歡他這樣。但是李鹿不怎麼喜歡誇張的呻吟聲，或是故意在言語中夾帶一些粗俗的用字。

到底是為什麼要刻意發出嚶嚶哭聲？也因為如此，只要對方發出過於刻意的聲音，他就會無法將注意力集中，馬上失去興致。

雖然他知道那些人是為了好好表現才會那樣，但那種表現方式和自己的喜好大相逕庭。

但奇怪的是，這樣的困擾放在金哲秀身上卻沒問題，不論他發出什麼聲音、怎麼叫……不論他做什麼都無所謂，彷彿要把自己的生殖器融化，將其緊緊纏住的內壁、生疏地纏上腰際的腿、被咬得紅紅腫腫的肌膚……因為沒有任何一處令他感到厭惡，讓他有一種可以整天專注在吸吮他身體部位的錯覺。

「雖然很快、但、但是，好……好棒，啊，好像要……射了……」

讓他表明自己喜歡什麼、討厭什麼，本來不是用在這種地方上的，但是金哲秀緊閉著雙眼所摸索出來的，那個因李鹿晃動的身體感覺越來越多，雖然那盡是一些既生澀又反覆的言語，但也因此讓人覺得更加真實。

啊……原來漂亮是用在這種地方的啊……不論這個人做什麼，都會覺得可愛、漂亮……還不只是這樣，甚至還會覺得有點揪心的時候，這個詞就是用在這種時候啊……

「啊！」

很明顯的，要是再拖下去，身體一定會受到傷害，所以李鹿便以其他角度深深地插了進去。

金哲秀的全身也馬上大大地扭起來，那位於李鹿身體下方的屁股，感覺就像是再也撐不下去似的輕輕地抖動起來，下巴也跟著顫抖。

一直緊貼的肚子有溼氣蔓延的感覺，仔細一看……那似乎真的是最後的最後，用僅剩一點的力氣所射出來的精液。

「哈……」

「砰」的一聲，便發出骨肉相撞的聲音，以這樣的強度再次抽插了幾次之後，李鹿感受到興奮的高潮，幾乎快昏厥的金哲秀則是連聲音都發不出來，像是要撕裂李鹿的肩膀和背似的緊抱著他，並大口地深呼吸。

雖然他再怎麼用力抓，那力氣也不怎麼大……

「你還好嗎？」

金哲秀沒有回答，但是從他抵著下巴的肩膀所感受到一絲的搔癢來看，他似乎是在點頭。

「口很乾吧？要幫你倒點水嗎？」

「嗯……好……」

金哲秀似乎就快睡著了，不過他會累也是理所當然的，這是他這輩子第一次喝酒，而且還是濃度不低的酒，之後還在那連柔軟床鋪都不是的地方做了愛……他沒在途中昏倒或是睡著就已經很了不起了。

「等我一下。」

雖然不知道冷掉的茶會不會好喝，但李鹿還是帶來了。正要去拿茶的李鹿看到在脫下的衣服縫隙中閃爍著藍光的手機螢幕，稍微停頓了一下。

是鄭尙醞，當在他還在思考到底要不要接的時候，電話聲響便停止了。原本他本來要這麼無視一切的……結果螢幕上所顯示的未接來電通知居然超過了三十通。

——『殿下！』

「嚇死人了。」

想說到底是發生什麼大事，這才馬上打了回去，結果連電話連接聲都還沒響，就馬上聽見電話那頭焦急的聲音。

——『大事不妙！韓常璟好像真的瘋了！』

「韓常璟？」

「……是？」

本來想問韓常璟那傢伙又做了什麼……結果從身後傳來金哲秀小小的嗓音。

「嗯？」

金哲秀似乎緊咬著嘴唇，在嘀咕著什麼，是覺得冷嗎？雖然自己現在還覺得有點熱……

但是剛才與他緊貼的體溫消失了，所以他的確有可能會覺得冷。

「那小子還有什麼瘋狂事蹟嗎？上次的亂交事件，你也是這麼說的，尚醞。」

李鹿大致確認一下門窗是否都有關好，並將手機夾在耳朵與肩膀之間，手則倒著茶水，結果御膳房的宮人們手藝的確非常好，儘管冷掉了，一倒出來還是能聞到像是剛泡好似的香氣。

——『殿下，韓常琛……他似乎真的有在接觸藥物。』

「藥？什麼藥？」

——『還能是什麼藥！』

李鹿聽見嘰嘰聲響後，暫時陷入一片沉默，似乎是鄭尚醞為了觀察周遭，而用手蓋住手機的螢幕。

——『毒品啊！這次千真萬確就是毒品。』

然後就聽見鄭尚醞更加小心翼翼的聲音。

「種類是什麼？大麻？」

——『檢舉人表示不知道種類為何，似乎是從國外引進的新藥。』

嗯……但是其實說真的，若說韓常琛是一隻毒蟲，李鹿反而有一種慶幸的感覺，畢竟韓常琛是一名每天都在與人亂交，並對宮人們找盡任何令人無法理解的藉口，進行各種挑釁的傢伙。

如果他是因為嗑藥才會那樣，就算李鹿對他的行為感到不解，但還是可以接受，若他明明一切正常，至今為止依然做出那一些荒誕行為，那應該是一件更恐怖的事吧？

「嗯……就算是那樣好了，那有任何他在柳永殿裡用藥的證據嗎？」

——『沒有明確的證據，但是韓常璟的一夜情對象今天向春秋館檢舉這件事，聽說對方以不將與韓常璟的性關係和用藥事實洩漏出去為條件，索求一筆巨款。』

「向春秋館檢舉，但是他沒有證據？這有可能嗎？」

——『以目前來說，檢舉人是將自己與韓常璟互傳的訊息發給春秋館看，雖然其中並未提到有關毒品的訊息，但是聽說有在柳永殿發生一切亂事的確切證據，春秋館在看過對話過程和照片等內容時，表示內容令人難以置信。』

若是一件令人感到衝擊的事實被爆出來，就能把不是事實的言論也一起包裝得像事實一樣。

不，至少以這次的事情來說，就算不對媒體下手，任何人都會做出那樣的懷疑，竟然在快與李皇子舉行國婚的時候，將外部人士帶入宮裡亂交……若不懷疑他是不是吸了毒，那才奇怪呢。

「……即便如此，但如果只是有關性愛方面的事情的話，不就沒問題嗎？」

——『嗯嗯，這樣也沒問……怎麼會沒問題？』

李鹿用另一側的肩膀與耳朵夾住手機，並觀察著幾乎要昏厥過去的金哲秀。

「你不是說沒有毒品相關的證據嗎？」

也許是因為李鹿坐在身邊而感受到熟悉的溫度，金哲秀稍稍地睜開眼，但看起來儘管他使出全力，眼皮依然沉重。那些在動畫裡出現的誇張行為與表情，居然能夠表現得這麼自然，這還真是神奇。

嗯……總覺得他也像是一隻吃飽後睡著的小動物呢……

——『殿下，您還好嗎？』

「喔？啊，嗯嗯……」

也許是因為李鹿既沒有生氣、也沒有追究，反而是一直笑嘻嘻的樣子讓鄭尚醞感到不尋常，所以他便小心翼翼地開口詢問。

李鹿搔著後腦杓，四處張望一下，話說回來……現在該怎麼收拾眼前的狀況呢？

「我沒事，但是……似乎發生不太行的事呢。」

——『呃？什麼事？』

「你可能得親自來趟山月閣了。」

——『山月閣？您剛才不是說只是要小小地喝一杯嗎？您什麼時候跑去那裡了？』

「嗯，對啊。」

小小地喝一杯……當初的確是那麼計畫的。

──『但是為什麼會……等等，請等一下。』

鄭尚醞那充滿憂慮的聲音緩緩結凍。

──『殿下？您該不會……哎呀，應該不會吧？』

「希望有能夠給金哲秀穿的衣服。」

當李鹿一手扶著金哲秀的頭，並將茶杯輕靠在他的嘴邊時，儘管半夢半醒，金哲秀也將茶水好好地喝下去。

也許是用力咬牙的關係，他那乾燥的雙唇處處充滿傷疤，讓人看得心裡有些難受。這讓李鹿想，他剛才是不是很痛？

──『能穿的衣服？您現在說的是人話嗎？』

「尚醞，我並不是想到處宣揚我跟誰闖了什麼禍，所以可以請你小聲點嗎？」

李鹿皺著眉頭哀求著，也不知道鄭尚醞到底吼得有多大聲。那貼著手機的臉和肩膀，甚至都能感受到震動，因為李鹿現在雙手都在金哲秀身上，根本就沒有機會避開那在耳邊落下的陣陣斥責聲。

──『您到底……難道當初說不會跟這種小孩搞什麼戀愛遊戲的人不是殿下您，而是正清殿屋簷上的裝飾石像嗎？明明當初如此斥責我的人就是您，而且這也不單單只是口頭上的告白，而是真的闖了禍……哎唷喂呀、哎唷喂呀，我的頭啊……』

「道歉這件事等我們見面我再繼續。你先過來，我總不能放著他在這不管，自己划船回去吧？」

──『划船……啊，對喔，因為是山月閣嘛！』

啊啊啊……鄭尙醞發出哀號，春秋館的折騰已經夠讓人頭痛了，現在還要負責收拾小屁孩的爛攤子。

再加上就像李鹿說的，若要前往山月閣，就得渡過湖水才行。在處理上司的祕密時，帶太多人去也不會有好事，所以現在有很大的機率是由鄭尙醞一人獨自划船過去。

「還有啊，我這不是為了安慰你才說的喔……不過毒品的問題，我想你應該不需要太在意。」

──『春秋館已經開始親自施壓了。』

「既然我們不知道這些，那就叫他們自己聯絡趙東製藥就行了啊。」

──『趙東製藥……啊……』

鄭尙醞「啊啊」幾聲，並發出似乎明白什麼的嘆息聲，不過他應該不是不會察覺到這種事情的人，看來是因為他一個人要做的事情已經很多了，春秋館又在大晚上的發神經，才會讓他感到如此慌張。

「我已經有兩年……而且是因當兵和巡防為由不在宮內。這段期間，不論是那傢伙發情還是嗑藥，都很難說是我的責任吧？的確，他們可以說一切都是因為我對這個宮疏於管理，但是若要那麼做，那些遠在首爾的傢伙們也必定會被捲入一切。」

——『但是不管怎麼樣，也不會只有我們全身而退……』

「這與我有什麼關係？反正現在不論發生什麼問題，他們都會怪罪於連花宮，那我們也來怪罪他人好了。」

——『殿下……』

「雖然不太可能這樣，但是，尙醞，萬一春秋館那些蠢貨還想以責任為由把事情推給我們，儘管找到確切證據，趙東製藥一定會比我們事先出手解決問題的，叫他們別擔心。」

「但是依你來看，你也覺得他們不是因為不知道這些，才會這麼做的吧？」

其實李鹿也是這麼想的，那些想將李鹿趕出去的人們是不可能不知道解決的辦法，在指責的瞄頭對準連花宮之前，他們一定早已連繫了趙東製藥。

「那些想將我趕走的人，似乎是覺得我最近過於活躍，便為了壓制我，才做出更過分的舉動。」

那些傢伙……只是因為想讓李鹿對他們有所虧欠，想表示他們為了連花宮，在辱罵聲中解決了這個骯髒的問題，所以以後李鹿要好好聽他們的。

「所以你也不需要想太多，至於韓常璟……」

「是……您叫……我嗎？」

啊，金哲秀剛才似乎還在發冷，他居然完全忘記了！

李鹿撿起自己的衣服，蓋在金哲秀身上。但他也記得，之前在山月閣喝醉的時候，鄭尚醞似乎有從哪裡拿出一件小毛毯。

那東西在哪裡呢？當時是在入伍之前大喝一場，所以真的什麼也不記得了。

——『殿下？』

「啊，抱歉，總之……我剛才在說什麼？」

——『您說叫春秋館去聯絡趙東製藥。』

「啊，對，總之那個韓常璟……」

「是……」

怎麼回事？剛才似乎都還算是在嘀咕而已，但這次卻聽見與之前相比還要更明確的聲音，他好像是在回答什麼……呃？還是他是在發酒瘋？都睡著了還會撒嬌，真是可愛。

「你怎麼一直在應聲啊？我又不是在叫你。」

李鹿想著要不要摸摸金哲秀的頭髮，就伸出手……但瞬間席捲而來的某種想法，讓李鹿將視線轉向金哲秀，脖子生硬地轉動時，彷彿發出螺絲轉動的喀啦聲。

仔細地想，剛才也是……在他講出韓常環的名字時，金哲秀說了什麼？又不是在叫金哲秀的名字，而是他人的……難道，對他提起別人的名字，他也會這樣習慣性地應聲嗎？

——『殿下？喂？殿下！』

李鹿的手放下，在那遠離耳邊的手機的另一端，鄭尙醞仍然持續地吼著什麼，雖然他沒開擴音，但也夠吵了……只是現在李鹿的耳邊只充斥著金哲秀回答的那一聲「是」。

「……金哲秀？哲秀。」

雖然李鹿是抱著懷疑的心態叫的，但是對方並沒有任何反應。

他呆呆地看向天花板，心想著怎麼可能，然後搖了搖頭。

原因應該是，韓常環是他一直守在身邊的人，所以才會有反應的吧？他在趙東製藥不是沒有被善待嗎？有可能是因為一直受到欺負，所以才會在無意識之中，為了不被罵而快速反應……

「韓伊？韓伊……韓？」

……但是，都睡著了還能對韓常環的名字如此敏銳……若是為了不被韓家的人罵，才會做出如此快速的反應……如果這個推論要成立，那金哲秀應該要對自己的名字有更快的反應吧？

「韓……常璟？」

「是……」

不會吧……

「金哲秀。」

「……」

哎呀，怎麼可能嘛！難道……

「……韓常璟。」

「是，我……我在這。」

李鹿的嗓子發出大大的聲響，雖然知道這想法很不像話，如果現在這個在自己面前脫個精光的人……其實是真的韓常璟，而他只不過是用著金哲秀這個假名……

他那蠢蠢欲動的疑心、超乎常理想像，開始一點一滴具體地擴大。各種想法瞬間湧上心頭，讓李鹿的太陽穴開始痛了起來，他有種第一次見到金哲秀時所感受到的違和感和無法串連起來的各種怪異部分正發出著沙沙聲，並一塊塊相連起來的感覺。

「……趙東製藥、韓常璟。」

李鹿反覆嘀咕著這名字，勉強地發出聲音，然而此時……

「是……A—5—78—……」

李鹿心煩意亂地用手托著下巴，突然像是彈簧一樣地跳起來。

「你說什麼？」

金哲秀現在不是因為喝酒或睡意而發出的小小應答聲，連奇怪的字句都出來了。

「M5A……韓……常瑔……」

「……呃。」

呵、呵呵……這又是什麼意思？

李鹿發出一陣苦笑，並用一隻手抹了抹臉。

金哲秀，不，是韓常瑔……不對，這名不知道究竟是誰的少年，在小小的呼喊聲下也會做出反應，然後在提到趙東製藥後，還把奇怪的號碼都加入了自我介紹中。

「萬一你有我所不知道的苦衷……」

也許很快就能揭開趙東製藥藏了將近二十年的最大祕密及弱點了……

「那我以後該怎麼辦才好呢？」

還有那句話……那代表不久之前，以激動的心情盡心盡力疼惜的這個人，真的有著無法在清醒狀態下道出的重大祕密……同時也代表著，他不論要用什麼方法，都要挖出藏在他身上的真相……而這也許還會徹底毀掉他這個可憐人生。

「狀況如何？」

「藥有好好吃下去了，睡得像是死了一樣。」

「那真是太好了。」

雖然不知道這究竟是否能稱作是慶幸……鄭尚醞默默嘀咕著。

醉倒的金哲秀，就這樣放肆地被李鹿抱在懷裡，然後他們一起下了山月閣的樓梯。反正護衛們都在距離閣樓有點距離的地方，李鹿本來還在想要不要直接回去，但兩人現在的模樣真的難堪到讓李鹿覺得讓人退下是正確的選擇。

別說李鹿的雙手還抱著金哲秀、看著對方狼狽的臉龐。金哲秀看起來也不是很好，雖然以後者的情況而言，與其說狀態如何，不如說他所做的行為令人討厭。

總之，鄭尚醞今天的運勢可說是非常差。

春秋館就像是把人當雞飼料似的，不停地追究碎念這宮裡的紀律是怎麼管理的，而皇子殿下又不接電話，打了幾十通電話，好不容易接通，結果殿下居然與那該死的趙東製藥的人闖了禍……

再加上那長得一副乖乖牌模樣的金哲秀還發了奇怪的酒瘋。本想說他已經乖乖睡著了，結果在搭船渡河的時候，金哲秀一直貼著正在划船的他的背部，嘴裡不斷嘀咕什麼。

至於皇子殿下本人就像是不在此地似的，靜靜地板著一張陰沉的臉，望著遙遠的山稜。

黑漆漆的湖水上瀰漫著霧氣，身後的金哲秀一直用很小的聲音嘀咕著，而李鹿就像是蠟像般緊閉著嘴巴。

鄭尙醞感到一陣陰涼，想著要快點渡河，便忍著開始發麻的雙臂，不停地划動船槳。

但當金哲秀突然往自己背上開始猛吐的時候，鄭尙醞便再也冷靜不下來了。

雖然生氣地表示我們又不是在渡漢江，這裡只不過是個小小的湖而已，你怎麼還能暈船啊？

就算鄭尙醞對不省人事的金哲秀大聲責罵，痛的也只會是自己的喉嚨罷了。

當然，鄭尙醞可以理解酒意一定會越來越濃。況且他們並不是在柔軟的床上，而是在多少有點不方便的地方幹了那種大事，會變得如此迷迷糊糊的也是理所當然的。所以撇開對金哲秀的怒氣，這個人會變成這樣的確能夠理解。

……但他們的皇子殿下卻有點問題。

李鹿下了小船之後，將完全不省人事的金哲秀再次抱起，然後他並不是往芙蓉院，而是往自己的寢殿邁開步伐。

鄭尙醞有點無語的是，如果把金哲秀帶回寢殿是為了避人耳目那就算了，但是皇子殿下居然還把他帶進浴室，親自為他清洗，還把對酒醉很有效的珍貴藥丸嚼碎，再用嘴巴餵給他吃……

為什麼不讓他自己吃藥丸？而是用殿下自己的嘴巴？

鄭尚醞本來沒多想什麼，只是靜靜地觀察，最終之所以會看不下去而在中途跑出寢殿，則是看到殿下將自己的嘴巴湊上去，把醒酒藥餵給喝得爛醉的金哲秀。

「殿下您之前還如此堅決地表示你們沒有任何關係……您是什麼時候跟他產生情感的？」

雖然這話說得很酸，但鄭尚醞的內心受到巨大的衝擊。雖然他說過只要見三次面就會有結果了，卻沒想到他們會有這種程度的進展。

這段期間，皇子殿下也曾跟別人有過姻緣，但他如此精誠所至對待的對象，金哲秀似乎是第一個，而且還是用這樣的方式把他帶進自己的寢殿……

「尚醞。」

「真是的，幹麼又突然嚴肅了起來？」

「我……雖然現在還不能確定……但總之這是我突然想到的。」

聽見李鹿這個非同小可的音調，鄭尚醞收起輕率的態度。

「如果韓常瑮……其實是他呢？」

「……呃？」

鄭尚醞原本還在內心感嘆自己居然能夠維持完美的拱手姿勢，下一刻卻被李鹿突如其來的那句話嚇到破音。

「您這是什麼意思？」

「就……萬一其實他並不是金哲秀，而是韓常瑮本人呢……」

「意思是柳永殿的那隻毒蟲是假的？」

「對。」

「呵呵，是他喝醉酒的時候說自己才是真的嗎？」

「那倒不是……」

「呃，既然您會突然這麼說，那應該有讓您如此推測的原因吧？」

話題的方向實在是太出乎意料，但就算是那樣，李鹿也表現得太過鎮定，讓人很難覺得這是他剛才臨場想到的假設。

鄭尚醞覺得，這其中一定有發生什麼他不知道的事情，但是李鹿在丟出那種讓人心煩意亂的猜測之後，似乎又陷入自己的沉思世界，安靜了好一陣子。

韓常瑮是一名從未對外公開任何一張照片，僅僅待在韓家成長的孩子。該不會從一開始，韓家根本就沒有生下什麼小兒子，鄭尚醞確實如此懷疑過。

就算不是李鹿或是鄭尚醞，只要是看趙東製藥不順眼的人，都曾攻擊過韓會長，說那個被判定為Omega的小兒子，到底是否真的存在。

所以幾天前在與廣惠院偷偷接觸時，大家都表示過要調查現在在柳永殿的那個毒蟲瘋子，到底是不是韓會長的兒子。懷疑韓家隨便找一名混混，將他假扮成小兒子，讓他進宮。要不是那樣，那傢伙的言行舉止怎麼會是那種樣子。

「在跟你通話的過程中，只要我說到跟韓常瑔有關的句子……金哲秀就會突然回答『是』。」

就在鄭尚醞因煩悶而苦惱著要不要催促對方時，李鹿終於開口了。

「唉，我還以為有什麼呢，嚇我一跳。」

「不，因為好幾次都這樣，所以我不覺得那是偶然。」

「那……那麼，您應該也叫叫看金哲秀啊。」

「我當然叫了，但他沒有任何反應。」

李鹿咬了菸斗後呼出長長的一口氣，也許是因為表情過於嚴肅，讓鄭尚醞也不好開口對李鹿碎碎念，要他打開窗戶再抽菸。

雖然皇子殿下也會開那種令人出乎意料之外的玩笑，但還是有幾個是他絕對不會拿來開玩笑的事情。

其中一個就是與自己的特殊體質有關。而與趙東製藥相關的事情，因為也與特殊體質有關，他當然不會拿來當開玩笑的話題。儘管他會罵韓會長、韓常瑮，但那些也只是對於他們的言行所做出的批判罷了。

鄭尙醞想到這裡，對於李鹿現在是以何種心情道出這些話題，他感受到真實的沉重感。

嗯……但是，就算是這樣……

「假設金哲秀才是韓代表真正的兒子好了，如果真是這樣，那從一開始，他會以那種方式入宮，那就說不過去了。」

「對啊，我也覺得這部分最詭異，把本尊打造的像是附屬品一樣安插進宮，非得讓一不像樣的毒蟲冒牌貨來頂替本尊也很奇怪……」

「呃，所以金哲秀……不不不，所以真正的韓常瑮……」

鄭尙醞顫抖著雙唇，努力將老是打結的舌頭理清，真正的韓常瑮、冒牌韓常瑮、金哲秀、毒蟲、趙東製藥……

「唉，事情怎麼會這麼複雜。」

就算鄭尙醞想整理一下思緒，那些相似的稱呼還是會不停地混淆腦袋。

默默抽著菸的李鹿突然起身，在桌子上摸來摸去，並抓起隨手抓到的鋼筆，開始在空白紙上寫下自己的思緒。

金哲秀＝韓＝真的韓常瑮。

柳永殿的毒蟲＝假的韓常瑮。

「這樣一寫，雖然感覺沒有什麼……但我們還是先朝這個方向整理看看吧。」

李鹿一邊轉著筆桿，一邊表示，目前尚未具有能確定的事實，但還是以剛才經歷過的事情為基礎，去建立一個新的假設看看。

金哲秀＝韓＝真的韓常瑮。

出生相關推測：

一、的確是韓會長的小兒子，但是是私生子。

二、不是韓會長的孩子，只是外人，原本的名字就叫韓常瑮。（因為和趙東製藥的小兒子撞名，且另外給他取了新名字。）

疑點：

一、有著與Omega相似的感覺，但感覺很人工。

「我現在想到的就是這些。」

「呃嗯……」。

鄭尚醞輕撫著下巴，看了看李鹿所寫下的推測。

「然後假的韓常……呃，這樣我會混淆，就先把柳永殿的那傢伙稱為毒蟲好了，總之要整理毒蟲的可能性的話……」

柳永殿的毒蟲＝假的韓常琛。

出生相關推測：

一、與韓會長有關聯的人（私生子或親戚），因某種原因而假扮成韓會長的親生兒子。

二、與趙東製藥毫無關聯的外人，假扮成韓會長的親生兒子。

「應該差不多就是這樣吧……」

「那隻毒蟲應該是推論一吧？畢竟趙東製藥都替他掩蓋他所做出的放肆舉動。像金哲秀這樣……吼，又搞混了啦，以後就直接叫這孩子本尊好了。」

「總之，假設他才是本尊，那為什麼趙東製藥要找一個像那隻毒蟲的冒牌貨呢？我想那隻毒蟲應該才是韓會長真正的兒子，而本尊只是與他同名吧？然後他應該就是一名用來應付萬一的替代角色吧？」

「沒錯。」

李鹿也同意這個部分。像韓會長這樣的人，是絕對不會將錢花在無益之處，他會到處哀號自己吃了虧。所以，他會放任柳永殿的毒蟲不管，一定是有理由的。

「現在也該填補這些空白了……」

李鹿用手指敲了敲自己寫下的紀錄。

「所以我們得去查清楚，到底誰才是真正的韓常環，為什麼要上演這場秀。」

「不過這也算是慶幸，雖然我也不清楚金哲……本尊的真面目到底為何……但如果將那隻毒蟲作為目標，事情應該會比較簡單。從確認那傢伙到底是不是韓會長的親生兒子開始，調查韓常環這個名字到底是不是真的……總之，當調查範圍大幅縮減後詳細調查，應該就能找到什麼吧？」

鄭尚醞用手反覆指了指本尊與冒牌貨，一邊嘀咕著。

「那小子入宮後，有定期接受檢查嗎？」

「有，那部分要再調查一下嗎？」

「反正負責那小子的太醫一定也是趙東製藥安排的，就算要調查也沒有意義。乾脆一點，最快的做法，就是偷偷拔他頭髮，或是採集血液。」

「這應該不難，既然現在有服用毒品的嫌疑，只要表明說是要檢驗，讓他供人採檢就行了。」

不過毒蟲那傢伙大概會拒絕吧？

如果是其他時候，會威脅到毒蟲人身安全的行為就跟對韓會長直接作對沒有兩樣。所以不論怎樣，都難以對他下手，但是這次因為有春秋館的檢舉人，某種程度而言，就算強制對他進行血液採集，應該也不會構成什麼問題。

「但是，尚醞……你不覺得事情簡單得有點奇怪嗎？」

「呃？」

李鹿扔下鋼筆，將背緊貼在椅子上，跟充滿幹勁的鄭尚醞不同，心中看起來有許多思緒。

「本尊喝了一點酒，就毫無防備地道出自己的存在，而冒牌貨毒蟲有血緣關係，卻到處惹事到令人難以理解的程度，不論是誰都猜測得到的這種情況……這件事情，我總覺得有點奇怪。」

「啊啊……您現在是覺得事情的真相太容易猜測，才會如此懷疑嗎？」

「沒錯。」

李鹿也不知道到底是用了多大的力氣，他那抓著椅子扶手的手白到發紫。

「嗯……可是……這的確就像是趙東製藥會做的事啊。雖然他們現在的形象好了不少，但是在十年前，到處都充斥著他們進行遊說的言論呢。」

「這個嘛……我覺得那些傢伙並不會做出如此深奧的作戰計畫，因為現在除了我猜測的部分以外，他們似乎也沒做什麼其他特別的事情……所以才讓我覺得有點不爽。」

李鹿疲憊地左右扭了扭脖子，此刻臉上充滿了各種情感。

「也就是說……他們把我小看成那種程度的人。」

「殿下……」

席捲而來的憂鬱與無力懸掛在睫毛上，李鹿束手無策地望向高高的天花板。

「他們應該是覺得就算捏造如此破綻的謊言，我也還是絕對贏不過他們吧？因為就算有心證，但也沒有物證，就算有物證，也不會有媒體願意馬上報導我所說的話。」

「嘎吱」一聲，那是劃過扶手的指甲斷掉的聲響。

「天啊，殿下，您先冷靜一下……要是傷了身體可就不好了。」

「但是，尚醞，其實你知道現在這個情況下，我最好奇的是什麼嗎？」

「請您繼續說吧。」

「所以那個真正的韓常瑮……金哲秀……他是故意對我那樣的嗎？」

「嗯？」

「感覺真的還不錯，不，應該說是很棒……棒到我也差點恍神。」

鄭尚醞緊咬著嘴唇，抱著必死的決心選擇要回答李鹿的話。

雖然皇子殿下在許多事情上，對於那些朝自己而來的負面言論早已有了抵抗力。但他也不過只是一名二十三歲的人。

這個年齡也算夠小了，他甚至是一名對普通人享有的普通關係非常生疏且無知的皇室成員。

「他天真、呆萌……另一方面也很可憐。儘管如此，也很努力地向我表明自己最真實的感受……沒錯，真的又可愛、又漂亮。」

「他說自己在韓家沒有受過好的待遇，哪怕只是待在這裡的期間也好，想和我一起創造美好的回憶……」

李鹿那直挺挺地望著天空的頭無力地垂下來。

「但是以現在的情況來說，那些也有可能是謊言。」

沒有人能對惡意和藐視保持沉默，雖然他看起來已經習慣被那些將人的心思搞得心煩意亂的人折磨，但是李鹿並不是真的覺得無所謂，而是承受著變成慢性痛苦的那些苦痛活著。

「殿下……」

「你還記得嗎？我說我從他身上感受到奇怪的感覺。」

「啊……您說他很像Omega？」

「對，所以搞不好他是刻意接近我的……」

李鹿無法再繼續說下去，只是張著嘴巴嘆著氣。

鄭尚醞也無法對他輕易地道出安慰，只是揣摩著刻劃在屏風上的刺繡紋路。話題朝著想都沒想過方向發展，就連鄭尚醞自己也覺得，若藉以特殊體質的問題來刺激李鹿，那他們冒險將本尊與冒牌貨一起送進宮裡，似乎就說得過去了。

還有，在毒蟲做出那些令人厭惡的行為時，符合李鹿取向的乖乖牌本尊開始行動，那李鹿一定比平常更容易心動……

雖然鄭尚醞心裡也有想過這個推論太過詭異，但是他也很清楚地知道，趙東製藥的人盡是一些能若無其事地做出比這件事更加過分的人。

不過幾年前，也是因為對他們稍微鬆懈，而讓謠言傳到不可挽回的地步。

「廣惠院院長上次有給你直通號碼吧？」

「咦？是，沒錯。」

「現在馬上聯絡他。」

「現在？」

「對，這是一件比上次那種浮雲般的猜測還具建設性的假設，在開始挖掘真相之前，得先把方向修正一下才行。」

李鹿慢慢地推開椅子，並拍了拍皺掉的衣袖，即使看起來比平常還要累，但不久前那充滿疑心的情感似乎得到解決，瞬間覺得他那改變想法的模樣看起來很令人心疼，鄭尚醞便也只是默默地點了點頭。

雖然廣惠院一大早就被打擾一定會破口大罵，但那個問題有現在這個還要重要的嗎？

「對了，至於韓常環……」

「誰……？啊，您指的不是那個毒蟲，而是本尊吧？要把他送回芙蓉院嗎？」

「不，越是這種時候，就應該要讓他待在我身邊。」

李鹿一邊梳著散亂的頭髮，一邊表示，有沒有什麼理由，是能將正牌韓常環留在自己身邊的正當藉口。

「不過若是直接讓他待在我身邊，不論是什麼事情，韓會長應該就很難對他做什麼了吧？」

「那我自己想辦法，看要怎麼將他帶在身邊吧。」

「不，讓他待在廂房吧，讓我可以隨時掌握到他的行動。」

李鹿稍微望向寢殿，面無表情地轉了頭。

「叫他們試試看啊，不論發生什麼事，我都不會離開這個位子。」

Whispers Through the Willows

第
07
章

「哎呀，孩子，你在掃哪裡？」

「咦？啊……」

「再掃下去，我看你都要爬到樹上去了吧？」

韓常環愣愣地從石階上走了來，原來他恍著神動作時，漸漸地脫離庭院，在令人出乎意料的地方掃地。

「肚子餓嗎？要不要拿一點零食給你？」

「不，不用了……沒關係。」

申尚宮表示這幾天下來，他似乎瘦了，接著就揉揉他的手臂與肩膀。

「剛才金內官說你在這裡的時候，我還在懷疑他在說什麼咧。」

掃地是韓常環平常也會做的事情，問題是這裡並不是芙蓉院的小院子，而是李鹿居住的寢所附近……總之這裡就是連花宮的最中心位置。

「殿下對你很好吧？」

「那、那當然……」

「他是好人，我想大概是因為他覺得你可憐，所以才會想盡辦法要把你從趙東製藥救出來。聽說他還帶你去了山月閣？」

「啊……」

申尚宮大力敲打著韓常環彎曲的肩膀，並要韓常環好好地用心做。

「你要打起精神來啊！不管怎麼說，這裡可是正清殿耶，要抬頭挺胸！」

「是……是！」

雖然韓常環有一種痛楚直達尾椎的感覺，但是他還是沒有表現出來，只是尷尬地笑了笑。

昨天……似乎發生了許多事情，但其實有一半以上他都不記得了。

韓常環只記得和李鹿一起帶著御膳房的美食，渡過湖水到山月閣杯酒言歡。

還有又嗆又酸的素麯酒香和被光照射得閃閃發光的酒盞，以及在二樓閣樓上望下去的湖水水面，遠處的連花宮景色……

當他回過神來，發現自己正被李鹿擁在懷中……也想起是自己先撲向李鹿，要李鹿好好疼惜自己的各種鬼話。

他第一次與人接吻、柔軟的舌頭互相交纏，原本穿在身上的衣服掉落於地板，讓地板變得亂七八糟……

還有那往身後伸去的……殿下的……

「孩子、孩子？」

「啊……是，很抱歉，您剛才說什麼？」

「不，也沒什麼啦，我只是說你臉有點紅。」

「是、是嗎？」

韓常環舉起手，搓著自己那想當然爾看起來會有點難看的臉，腦海中思考的畫面就像是故障的燈泡，反覆地亮起又突然暗下來。

想著李鹿的手摸了自己身體的何處、李鹿的紅唇是怎麼吸吮自己的身體，感覺那些觸感似乎被活生生地重現出來。

「你似乎沒有發燒啊……」

申尚宮擔心地觀察著韓常環。

「我沒事，只是有點睡不好。」

「這樣啊，嗯……也是，雖然你看起來有點累，但好像也比平常漂亮。唉，你怎麼會這麼地閃閃發光呢？」

申尚宮一邊用手戳了戳韓常環那變紅的臉頰，一邊問他難道是在皮膚上塗了蜂蜜？

「等等，這……難道說……你開始談戀愛啦？」

「咦？沒、沒有呀！」

韓常環心虛地大聲喊出，申尚宮皺起眉頭，並遠離幾步。

「吼，不是就不是啊，幹麼這麼大聲？」

戀愛？而且不是跟別人，是跟皇子殿下？

雖然自己對戀愛什麼的一竅不通，但是韓常環也很清楚地明白，就憑自己與李鹿共度一夜，是不可能會成為李鹿心目中重要的存在。

當然……如果自己的心有照著理性走，昨天也不會向李鹿坦白自己的一切了。

道理他都懂，但從他醒來之後到現在，韓常環都一直沉浸在美夢裡掙扎著，因痠痛的身體所發出的痛楚，讓他輕輕地起了身，但在自己眼前展開的，卻是與昨天完全不同的世界。

本來還在想，天花板看起來有點陌生，原來自己正躺在雕有精緻蓮花和鳳凰裝飾的黑檀木床上。

這使得他驚嚇地起身，發現自己的身體被一件有著彷彿肌膚會被融化的柔軟絲綢的被子緊緊包覆著。

這裡……該不會是……難道他昨晚在殿下的寢殿睡著了？

儘管只發出小小聲的翻動聲，站在門外等待的金內官還是能察覺到聲音，接著帶著洗臉水進入房裡。

韓常環想著總不能在主人不在的床上接過洗臉盆，他便匆匆忙忙地起了身。但金內官卻表示沒有關係，讓韓常環再次坐下之後，轉達許多事情。

殿下表示，希望韓常環未來不要住在芙蓉院，而是住在附屬於自己寢殿的廂房。如果他覺得這很看人臉色，那就像平常一樣，做一些像是打掃庭院或是餵動物吃吃飼料等等小事，留在這裡生活。

……總之，這些都是一些越聽越覺得不現實的內容。

所以韓常環為了撫平躁動的心情，便抓起掃把開始工作。

但至今為止，韓常環還是感受不到真實感，從芙蓉院方向來的內官們拿著兩個銀色包袱往廂房走去，那稍微外露於包袱外的老舊褐色皮革，很明顯地就是韓常環的的包包。

而且這件事居然連申尚宮都知道了……那就代表應該有很多人都知道這個消息。

這樣的話，他該怎麼向韓家說明？又該怎麼向李韓碩說明呢？

儘管想到這些問題使得韓常環有點心灰意冷，但因為眼前的美景實在是太過美麗，讓他的心情又馬上平復過來，一想到地上鋪的每塊石頭都曾接觸過李鹿的腳步，就覺得一切似乎都無所謂了。

「我來這裡的路上有聽說，御膳房為了拍攝YouTube，所以熬了一點牛骨湯，到時會拿一點來給你，等等吃完再休息吧。」

「啊啊，我沒關係……」

「殿下也不是因為真的需要人手，所以才讓你來這裡的，你就別擔心了。把飯泡在熱熱的湯裡吃了之後，再好好地睡一覺，你昨晚不是沒睡好嗎？」

「不，不是啦……是我打算以後少吃點零食。」

「為什麼？」

「因為我好像有點變胖……啊啊！」

申尚宮狠狠地打韓常璟的背，雖然被打的地方也很痛，但平常沒在用的肌肉卻陣陣刺痛了起來。

自己做的時候，隔天還不會這麼痛苦，原來真的跟人做起來的感覺是不一樣的。也是，光以尺寸和粗度來說，這的確是他第一次將如此巨大的東西塞入自己的身後。

「胖什麼胖？別說鬼話了，給你什麼你就吃什麼，懂了嗎？」

「我說的是真的呀……」

李鹿也是一有空就想餵自己吃點什麼，其他宮人們也差不多都這樣，再這樣下去，他要是胖得跟雪人一樣，那該怎麼辦？

「那個……申尚宮。」

「嗯？」

「……沒什麼。」

「無聊，快點進去睡覺。」

到目前為止，韓常璟還沒能見到李鹿。將他從山月閣帶回寢殿的，大概就是李鹿本人，又或是受到他指示的人吧？

再次見到他時，該以什麼表情面對他呢？要跟他說什麼才好呢？今晚……是不是也會與他纏綿呢？雖然大腿內側到現在都還覺得麻麻的，身後也還有點刺痛……但還是覺得如果對自己出手的是李鹿，那就無所謂了。

其實韓常璟到現在還是搞不清楚，使用身後的性愛到底有哪裡快樂、到底該怎麼享受。

正確來說，是因為覺得一切都太誇張、太有感覺了，所以令他感到有點痛苦難耐，但是接吻的感覺是真的很棒，互相貪婪著對方的氣息，和那好似共享著一切的感覺令人頭暈目眩。

韓常璟擔心自己興奮的表情會被路過的宮人們發現，便用手緊壓著雙頰，慢吞吞地邁開了步伐。

廂房本來是像鄭尚醞這種在身邊就近服侍上位者的人所居住的地方。

以李鹿的寢殿為中心，東西方各有一個廂房，而韓常璟臨時居住的就是西邊的廂房。

「我真的能待在這麼好的地方嗎……」

韓常璟從柳永殿裡的小小住所到芙蓉院，現在則是直接住在殿下身邊……光是自入宮以來所發生的事情，對韓常璨來說就已經充滿驚奇……而在與李鹿相遇後所經歷的事情，則是無法用言語形容，真的有一種像是開天闢地的感覺。

韓常璨靜靜環顧著陽光灑落的廂房，打了打自己的臉，試圖振作起精神來，已經從李鹿……不，已經從申尚宮那收到書，欠了她不少人情。

「啊，剛才沒能跟申尚宮道謝。」

因為剛才他整個人都心不在焉的，根本就忘得一乾二淨，韓常璨帶著尷尬的心踮起腳尖，並望向窗戶的另一頭。

如果明天在打掃途中發現漂亮的樹葉，就撿起來送給申尚宮？如果他的字跡很好看，那還可以寫一封信給她，但既然申尚宮是負責管理一個宮的人，想必她一定是一名字跡好看的人，要把醜醜的字拿給那樣的人看，實在是太丟臉了……

「畢竟也不能隨便摘花，那果然還是……」

哪怕只是樹葉也好，那就幫忙撿樹葉吧！韓常璨下定決心，解開包袱……

「啊……」

帶著眼熟色系的小小韓紙飄逸起來，隨後並落在地上。那是韓代表讓人傳話時，所使用的一種方法。

韓常璨試著回想剛才將自己的行李送過來的宮人們的模樣。但是那距離又不算近，更重要的是，當時他整個人專注於想著李鹿的事，對於那些宮人穿著什麼顏色的衣服根本就記不太清楚。但是，包袱的顏色倒是很鮮明啊……

也許是因為他想著其中可能有李鹿給的東西，所以才會將視線望過去。

韓常環翻了翻行李，內中並沒有什麼奇怪的東西，只有破舊的衣服和書。

每天得在特定時間服用的藥物也剩下幾瓶，看來這意思是要他自己處理。依照韓會長所言，那些都是無法估價，是他花了畢生心血而製作出來的人生傑作。

他是不可能隨便找人以如此方式，冒著被他人發現的風險將藥交給韓常環。

仔細回想起來，他在入宮之後沒有因為那種種蹩腳的行為而被發現真面目，也是因為有受到韓會長指使，而在宮裡監視自己的人在幫忙掩蓋。

「是啊……」

這樣的事也不是第一次了，而韓常環也不是不知道有人在監視自己……但是心情還是莫名地差了起來。

韓常環將韓紙的邊緣折了又折，但是……這裡可是連花宮耶……皇子殿下掌管的地方，居然這麼快就有韓會長的人出現了？

這部分韓常環以前都沒有意識到，但是在跟李鹿靠得越來越近後，就開始覺得這種事很令人不順眼。人只要有錢，就會願意做任何事嗎？

韓常瑮又將自己那看來根本沒什麼的行李翻了一遍，明知道就算拿去賣，這裡面也沒有值錢的東西。

別說是人了，連可以買給申尚宮以示感謝的一朵花都買不起，這讓韓常瑮不禁悲傷了起來。

這輩子還沒感受過什麼叫物欲，但是現在卻很渴望有錢……這樣是不是就能找來很多能幫上李鹿的人呢？

韓常瑮一邊做著無謂的想像，一邊確認傳達事項。

休止。

指示以外的再次。

不留任何灰燼。

紙條上寫的內容沒什麼特別的，雖然上面寫著看不出意義為何的斷句，但這是怕紙條落入不相關的人手裡，而故意寫成這樣的。他入宮後收過幾次這種形式的指示，這使得韓常瑮也能大致理解內容究竟是什麼意思。

休止，這是從以前在實驗室時，暫時停止服藥時所使用的用語。既然現在他就住在皇子的廂房，那便很難使用那些奇怪的藥品。不光是李鹿，在可能被他的親信發現的情況下沉浸於藥物，最終變得困擾的也只會是自己罷了。

接著是指示以外的……這大概是指酒之類的吧？一般來說，若韓代表寫了「再次」，就是指不可以再做那種事，也不知道這是不是用很大的力道寫下的，跟其他詞彙相比，這兩個字的筆跡特別明顯，看來韓家是真的沒想到韓常璟會有跟他人暢飲的一天。

韓常璟拿起了紙，並在陽光照射之下再次看了看內容，本想說會不會有其他內容隱藏在其中，但是這三句話就是全部的內容了。

真是太好了，不需要煩惱那些看不太清楚的文字，探究背後到底有什麼意思了。

韓常璟蹲在窗邊的下方，將紙條撕碎，然後一點點地塞入嘴巴。既然韓代表說要不留任何一絲灰燼，那意思就是連燒掉紙條的痕跡都不可以被發現。粗糙的紙一直貼附在韓常璟的嘴巴上顎，導致吞口水都成了一件不簡單的事，不過令人感到安慰的是，自己那簡樸的行李包袱中，並沒有看見刻有柳永殿刻印的恐怖毛筆，和殘有滿滿骯髒痕跡的本子。

看來這裡不管怎麼說，都不是韓代表或是李韓碩能恣意下手的空間，這讓韓常璨心裡的防備鬆懈下來。

這裡是殿下的廂房，至少自己待在這裡的期間，趙東製藥的任何人都沒辦法傷害自己，光是這點就足夠了。

「好……想……你。」

雖然韓常璨連想念李鹿的字句都無法好好說出口，雖然韓代表要他吞下，他就得乖乖吞下紙條的處境依舊沒有改變。

滿身是汗的身體非常沉重，現在確實還沒從睡夢中醒來，但是卻能清楚地感受到床邊燃燒著的燈火正在搖曳著。

睡著的時候還能感受到現實生活中的感覺，這非常奇怪，而且也有點可怕……現在也該起床了，但現在不僅喉嚨很乾，就連想要洗一洗被汗水浸溼的身體，卻有一種被看不見的手緊緊纏住的感覺。

他的身體動也動不了，意識明明很清楚，但是卻連動動腳趾都令人感到吃力。

「……璨。」

「……呃呃。」

「韓常璟。」

在夢裡不斷掙扎的最後，才終於「嚇」地一聲發出急促的呼吸。

韓常璟動動腳趾，並緊緊抓住被子，太好了，可以動……

他擦拭滿是汗水的額頭和下巴後，正打算撐起上半身時……背著燈火站在那的巨大人影馬上坐在自己面前。

啊，是李鹿。

本來還在想怎麼會聽見一陣溫柔的嗓音，結果真的是他來了。

「你到底是做了什麼噩夢？」

李鹿用食指輕輕地壓了壓韓常璟被汗水浸溼的鼻尖，雖然只是一個小小的玩笑舉動，但當汗水就像果肉上的水氣一樣流下的時候，似乎讓他稍微有點驚訝。

「你有哪裡不舒服嗎？」

「啊……沒有，我什麼夢也沒做……」

「是嗎？還是是因為睡覺的地方換了……」

「您、您什麼時候來的？」

「大概是在不久前吧？」

啊，難道會覺得光影一直在搖晃，是因為他的影子嗎？

韓常璟這麼一想，心情就稍微好了起來，本來還以為是個隨時會出現什麼恐怖東西的噩夢，結果並不是，那是李鹿到訪的信號。

以後睡覺睡到一半，如果身體又像剛才那樣變得僵硬，又或是看到搖晃的光影時，韓常璟似乎會心動地想著，會不會是他來了。

話說回來，他第一次看到柳樹的時候，也是覺得這麼恐怖……那些既陌生又令人害怕的東西，只要跟李鹿扯上關係，就能被渲染成如此珍貴且漂亮的顏色。

「你的身體怎麼樣了？」

「我、我沒事，反……反正我也沒有事要做……所以也只是在睡覺。」

「這樣啊？不過申尚宮跑來罵我耶，說你來正清殿之後整個人瘦了一圈。」

李鹿用袖口擦拭著額頭上的汗珠。

「而且還悄悄問我，你是不是談戀愛了。」

「……呃？」

「這、這……」

「她說你的臉色跟以前完全不一樣，很可疑。」

「她本來就是一名觀察力很強的人，所以才會讓她負責柳永殿。」

柳永殿……韓常璟莫名地心頭一驚，並尷尬地露出微笑。

「其實……我今天狀態非常糟糕。」

「咦？為什麼？」

「今天一整天，因為你的關係，我的腦袋裡的想法不停在改變，就像瘋子一樣。」

「因……因為我？」

「對，因為你。但是最令我感到煩躁的是，我覺得我對你絕對是滿滿的真心。雖然我目前也不知道這份情感算是憐憫還是戀愛，儘管目前充斥著各種情況，這個結論還是不會變的。」

你。

在這不是韓伊、也不是金哲秀的生澀稱呼之下，這讓韓常璟不禁稍微害怕了起來，再加上李鹿說著這句話時，嗓音似乎比昨天還要冰冷。

李鹿所說的內容明明依然甜美、溫柔，但是光是看著他的臉，就能感受到一股他似乎在責罵千古罪人的冰冷與嚴肅感。

好奇怪，自己到底做錯了什麼？不對……要說錯事，那做得可多了，所以才會連自己是怎麼在殿下的寢殿內睡著的都不記得了……

「不論如何，我現在確實知道……你的確對我隱瞞了什麼。」

韓常瑮連呼吸都不敢呼吸，只是望著李鹿，指尖摩擦絲綢被所發出的聲音，大到像是要震破耳膜。

他似乎還看見曾經浸溼自己身體的墨水正如大雨般向下傾瀉的幻覺，雖然的確是騙了他……但是在不久之前，自己明明都還在夢中遨遊啊……

完全沒想到會如此突然地被拉回現實，這令韓常瑮嚇得目瞪口呆。

難道他昨天喝醉之後，自己跟殿下說了什麼鬼話嗎？還是不小心告訴殿下，有關自己身體狀況的事？他會生氣，是因為自己隱瞞自己的身體有多骯髒的事實嗎？

「要我疼你、要我愛惜你……我甚至還想著，你是不是故意用那種話來勾引我，為的就是挖取連花宮的情報。」

「咦？絕、絕對不是那種事……！」

李鹿聽到韓常瑮反射性的回答後，李鹿「啊哈」了一聲，並點了點頭。

「既然你說『不是那種事』，那就代表是在其他方面另有所圖囉？總之你的確有事情欺騙我。」

啊……有一種剛才吞下的紙張的觸感又再次重現的感覺。

韓常瑮悶得快要喘不過氣。也許是他感到太驚訝，導致韓常瑮連否認的話都說不出來，儘管知道李鹿的視線正緊盯著自己顫抖的眼角和僵硬的手，也依然無法若無其事地假裝鎮定。

「當我開始懷疑那些之後，就覺得一切都令人煩躁與難過……所以我也苦惱了很久，以後到底該怎麼對你才好……不過，我還是覺得，照著自己的方式來行動是正確的。」

當然，如果鄭尙醞聽到，他一定會昏倒……

李鹿一邊嘆氣，一邊抓起了韓常璟的手，如此說著。儘管面對這種情況，那覆在自己手上的溫度依舊溫暖和厚實。

「你昨天說過，自己在韓家沒受到好的對待，對吧？我希望你能把這個部分具體地告訴我。」

「殿、殿下……」

「懷疑、威脅、反過來騙人並利用人……不論是韓會長還是我哥哥，我都不想做出像他們一樣的事情，至少我也為了不要像他們那樣，而正努力掙扎著。」

韓常璟自從遇見李鹿之後，在那短短的時間裡，天天都在經歷往返天堂與地獄的道路。但是今天的程度算是非常嚴重，韓常璟經歷幾次重摔在地的驚嚇，使得他難以好好思考。

「這些日子以來，你所說過的那些話，以及對我展現出的那些態度究竟是不是真心的，這部分是我以後得去揭曉的問題……我也認為，若我在那個過程中受到傷害，那也是我得自行負起責任的。」

然後……一切都令人感到害怕。

韓常瑮早已習慣其他人對他的責備、責怪與埋怨。如果李鹿很乾脆地說自己昨天是被那淫蕩的洞所吸引，並狠狠大罵一頓，那還比較好。但是李鹿的溫柔和善良，卻讓韓常瑮依然抱持著一絲的希望。

「至少我不覺得……你看著我笑的樣子也是演出來的，而我也想再更相信你一點……」

啊……有一種雙眼失去焦點的感覺。

當望著自己的李鹿沉重地張開嘴，韓常瑮的淚水就原因不明地傾洩而出。儘管在對方的光輝之下，整個身體都有可能因此燃燒殆盡，但是心裡還是燃起了想在李鹿腳邊深切哀求的衝動。

「所以啊……我希望你可以給我……能將你從那些傢伙的魔掌中解救出來的機會。」

李鹿默默地望著全身崩潰且哭得傷心的金哲秀……不，應該說是真正的韓常瑮，他輕輕撫起他那袒露出來的白皙後頸，手心便感受到了那正悲傷地跳動著的脈搏。

「殿下……」

沒錯，就是因為他常常想起這可憐的嗓音……

「你怎麼哭成這樣？想哭的人是我吧……」

李鹿雖然裝作若無其事地模樣安慰著韓常璟，但其實李鹿今天一整天為了思考韓常璟的事情，頭痛到快要爆炸了。

看著那樣的李鹿，鄭尚醞只是嘖嘖地搖了搖頭，但他在會議中屢次看見李鹿那張自始至終依然發愣的臉之後，才意識到事情的嚴重性，並開始提升擔憂的程度。

他當時說了什麼來著？好像是說「殿下並不是羅密歐」？

甚至鄭尚醞在當時還用多少有點刻薄的語調表示，羅密歐和茱麗葉能夠相愛，是因為對象是「那個茱麗葉」，而不是在卡帕萊特家管理馬匹或是端盤子的路人侍從，她是名門世家的女兒，所以才會有與羅密歐相遇的機會。

「所以，尚醞，你到底想說什麼？真正的韓常璟可能是一名身分低賤的人，所以要我別再把他留在身邊？你覺得我僅僅是為了那種事，現在才會如此煩惱嗎？」

「我只是想告訴您，如果與難以相戀之人相遇，並將對其的惻隱之心錯認為世紀之愛的話，是會招來困擾的。」

「哈……我說，尚醞啊，我……」

「殿下，您還太年幼了。請您仔細想一想，您對他若是真心的，那早該對他接近您是另有意圖的想法做出否認，但是您卻為了觀察真正的韓常璟的一舉一動，而想將他留在您身邊，您覺得這是對於心之所向之人，可以說得出口的話嗎？」

「您昨天這麼說過，說不知道到底從哪開始，一切都是被計畫好的。既然如此，您只要繼續抱持著懷疑的態度就行了，還有，性行為在那種曖昧的氣氛下，的確有可能會發生。」

「但在氣氛使然之下跟對方睡過，就得對對方負起責任、愛對方。您是這麼想的吧？但是我要說的是，您不可以這樣，您現在這模糊的態度以後一定會引起大問題的。」

「尚醞。」

「不論是韓常瑮還是誰，您以後要對誰心動，都隨便您。但是絕對不可以因為懷疑心上人，而責備或埋怨自己，也不用因為跟對方發生過關係，就覺得要負責。是讓您起疑心的人有問題，絕對不是被騙的人的錯。」

鄭尚醞有點無情地劃清界線的話語，很明顯地讓李鹿心裡很不是滋味。

總之，雖然這是基於希望一切安好的心理才說的話，但是李鹿似乎還在擔心著其他什麼事。

其實事情就像鄭尚醞說的，李鹿絕對當不了羅密歐。揭開訂婚對象真面目的事情，別說是廣惠院了，反太子派和想打擊趙東製藥的其他企業們也會湊一腳。

李鹿要是在這裡被揭開祕密，這些日子以來所做的一切就會泡湯。所以趙東製藥一定也會有所動作，現在李鹿都已經能夠預見未來那亂七八糟的景象，而負起責任的人越來越多，事情也會漸漸變得越來越多，所以在這種時候，可不能因為茱麗葉的死，自己也跟著去死。

李鹿的出生申報書上蓋著刻有木槿花和龍的華麗玉璽，戶籍地址則是景福宮，這樣的血脈才是自己的命運與宿命，並不是突然朝自己席捲而來的戀愛或愛情。

基於這樣的理由，李鹿決定不能再相信眼前這名可憐人，但是他會這樣也不是有將鄭尚韞的忠告放在心裡，而是因為這是他自己所下的決定。

不過現在也只是對於失去目標的埋怨，和因為不知道韓常瑮的真面目究竟為何的煩悶比昨天還要稍微減緩罷了，並不是想去除對他的一切懷疑，只是……只是……

「對……對不起。」

金哲秀一直緊張地哭著……嗯，是韓常瑮。現在他似乎是稍微鎮靜點了，舉起手並用袖子按了按眼角，那是一件已經冒出滿滿線頭及起毛球的老舊衣服，只讓他細嫩的眼角肉多了不少刮痕罷了。

「您嚇到了吧？因為我突然哭了……」

「不，這也沒什麼好嚇到的。」

若要說嚇到的部分，應該是他很快就收拾好了自己的情感吧？換句話說，他已經很習慣一個人默默哭泣，這反而讓人心裡很不好受。

「那……那種話我也是第一次聽到……」

韓常璟用一副像是在做夢似的表情，將李鹿剛才的話反覆說了好幾遍。

他就像傻瓜一樣，似乎是想要將李鹿剛才所說，要救出他的話語刻在心裡。

不過那句說想救他的話……其實再包裝得怎麼美麗，都不是將他放在同等地位所說的話。

李鹿不想成為跟那些欺負他的人一樣的人是真心話，想相信對方並沒有欺騙自己也是真的。

但是李鹿也沒有想要放著那些對自己劍拔弩張的人不管，獨自乖乖走上正確道路的意思。其實他想利用韓常璟的心也是差不多的，他會將自己所背負的傷痛視為自己的本分，那句話的意思就代表他不會再去思考韓常璟的作為。

「我……我有什麼能為你，呃，能為您做的……我真的什麼都不會……」

但是那個什麼都不懂的韓常璟，現在正激動到顫抖整個身體，完全聽不出李鹿那溫柔的字句裡所隱藏的各種假設、懷疑，以及看似溫暖的傲慢眼光。

李鹿莫名感到口水難以吞嚥，用拇指和食指緊緊地壓了壓頸部，嘴裡真是有苦說不清。

儘管不像鄭尙醞所說的對他抱有愛情的情感，但是眼前的韓常璟是確實很可憐。

的。

啊，可惡，都已經在忙著分辨真假韓常璟了，現在居然還要苦惱自己到底是不是真心

「首先……就先從這件事開始釐清吧，你真正的名字到底是什麼？」

「這……」

「確實是叫韓常璟嗎？我現在心裡已經這麼叫你了。」

韓常璟像是被雷劈中似地快速抬起頭，卻又馬上低下頭，感覺似乎是在猶豫到底能不能回答。

只因為韓常璟就像是花，倘若會快速凋零，是不是就是那種感覺呢？

「從現在起，只要你沒有否認，我就會當你是承認了。所以，如果你不想再把事情的情況弄得更奇怪……」

「我……我的名字……雖然確實是……這個……」

「什麼？我聽不清楚。」

因為李鹿聽不太到對方嘀咕的聲音，他便稍微將耳朵靠過去，沒想到韓常璟嚇得將屁股往後退至到床邊，甚至在撞到厚實的原木後，發出「咚」的聲響。

「雖、雖然……我一直無法想像……您會有這麼叫我的一天……」

「這話的意思就是……你真正的名字不是金哲秀，而是韓常璟囉。」

韓常璟莫名紅著臉點了點頭，也不知道他是多麼大力地動作，掛在鼻尖的鼻涕竟成了泡泡，還發出了「砰」的破裂聲響。

「啊，對、對不……起。」

也許是因為感到害羞，韓常璟的臉已經不能說是臉紅了，簡直就像是要燒起來似的，而李鹿也只是將視線轉向床上的某處，裝作沒有看見。

「嗯……」

不，應該說是他很努力裝作沒有看見。

李鹿將放置於螺鈿櫃上的面紙遞出去，韓常璟便用細細的聲音說了一句謝謝。

啊，可惡，現在不能笑，現在可不是笑的時候啊，必須保持這既認真又嚴肅的氣氛才行。

儘管眼前的這個人不再是金哲秀，變成了韓常璟。他的所作所為還是依舊呆萌可愛，搞得自己總是不自覺地悄悄露出笑容。

「嗯……既然話都說出口了，那我就繼續說下去。現在能稱呼你的名字有金哲秀、韓……不論你有多少個假名，甚至現在還有什麼真的假的，雖然這搞得我有點混亂，更重要的是，我不想對著明明就叫韓常璟的人，喊什麼金哲秀。」

「啊……嗯，是……」

「但是如果在外也叫你韓常璟的話，一定會發生問題……所以我以後就叫你小璟吧。」

「小璟……」

「對，這應該比韓這個假名還要好吧？」

「是、是這樣沒錯……」

韓常璟的手心煩意亂地動起來，他先將拇指和食指相觸，接著彷彿要將指紋磨壞似地不停搓揉，再來像是要把被子邊角擰斷似地抓起。

「這樣一看，你也挺像是一個圓滾滾，剛剝殼的生栗子，所以我才想要叫你小璟。」

李鹿的做法雖然會讓外界投以異樣眼光，但是現在的他在事情解決為止，沒有任何一絲想讓韓常璟離開寢殿的想法，他可是現在唯一一個能夠成為證人及證據的人，誰知道要是放他走，那會發生什麼事……

不過其實沒必要硬是說那些外人怎樣……但是李鹿覺得，要說出不想用趙東製藥隨便取的名字稱呼他，那也太尷尬了。

「生栗子……小璟……」

韓常璟根本就不管李鹿在想什麼，只是專注地反覆著「璟……小璟……」這個以自己名字所取的暱稱，因為他看起來實在是太開心了，李鹿不忍心說出自己打算將他好好地藏在寢殿之中，所以外面是不會有人那麼叫他的。

「對了，以後沒接到指示之前，都不要出去外面。」

「外面？」

「對，我不是指正清殿，而是指這裡，你只能待在寢殿裡。」

「這裡……可是……」

「你也不需要打掃什麼，小琛，你只要待在這裡就可以了，畢竟外面很危險。」

「呃……那……」

「我會再多買點書給你，你就在這裡讀書。如果真的覺得很無聊，可以告訴金內官，請他教你練習寫毛筆字。」

李鹿一提到練習寫字，韓常琛的表情就難看了起來，他那柔順的眉頭皺起，眉間似乎有一種更戲劇化的感覺。

這是怎麼回事？叫他不准出去，他也沒什麼反應啊……

李鹿的內心感到慌張，馬上想起可能有比較相關的事情。

他仔細想了想，韓常琛在第一次搬到芙蓉院的時候也是這樣，本來想看看他的毛筆，結果他卻用一副欲哭的臉阻止自己。

難道這件事也和柳永殿的冒牌毒蟲有關？

「嗯……其實除了真名之外，我確實有很多問題想問你……」

但是李鹿還是決定先保持沉默，就像他所說的，想知道的事情堆得跟山一樣高，光是與身分真假相關的事情，就連他明明不是特殊體質，但是怎麼會有那種奇怪身體的事情也想知道。

還是慢慢來吧，但是不能在為時已晚之時……

雖然李鹿不能讓人小看自己，但是如他所願的隱藏到最後，並收集有用的證據，之後一定會有能夠將一切曝光的機會來臨。

「是，雖、雖然我不知道……自己能幫上什麼忙……」

「你又來了，對我來說，光是能揭曉誰才是真正的韓常璟，就已經算是大豐收了。」

當然，究竟他是不是韓會長的兒子、柳永殿的毒蟲是從哪裡來的、小璟那身體又是怎麼來的……雖然還有一堆待挖掘的真相，但是李鹿一看到那個對著他燦笑的韓常璟，就有一種心情變得複雜的感覺。

「是、是嗎？」

「嗯。」

和先前那原本緊張、悲傷且惆悵的氣氛不同，現在兩人之間的氣氛平穩了下來。

呃嗯……李鹿想著，也許這樣正是兩人之間的最佳距離，他能像最初在柳永殿遇見他時那樣，給他適當的溫柔，並且不互相討厭……不論是對自己也好、對韓常璟也罷，這樣很剛好。

「那、那麼，殿下……我……」

韓常環緊抓著被單，突然小小地顫抖一下，那靠緊膝蓋，並蜷縮肩膀的樣子，看起來真的像是一個圓滾滾的小東西。

其實生栗子只不過是為了找出與他名字相像的字而想的藉口而已，小小的栗子或橡實……感覺把他比喻成那樣的東西，也很適合呢。

「喔……殿下，很抱歉，我……我好像差不多該睡覺……或是洗澡了……」

「什麼意思？睡覺是睡覺，洗澡是洗澡啊。」

李鹿本來想要起身鬧他，說他的藉口很奇怪的……結果在起了半身後，才發現韓常環那一顫一顫的模樣為什麼會奇怪了。

那動來動去的腳趾在被單上清晰可見，微微顫抖的膝蓋、閉著眼睛並吃力呼出的溫熱氣息，以及熱淚退去後變得紅腫的眼角……

盯著韓常環的李鹿緊咬雙唇，不停地轉動視線，在觀察之下，要是還看不出這是什麼情況的話，那就太奇怪了，這確實是有明確意圖的信號，而且還是情色方面的信號。

嗯……雖然知道韓常環突然興奮起來，但是卻令人摸不著頭緒，至今為止談論的話題之中，有包含任何會引發性欲的話題嗎？

這個完全沒有啊……韓常璟不久之前還一直流鼻涕流眼淚哭個不停，甚至也只是覺得感動啊……

但是為什麼會突然這樣？到底……是在哪個部分刺激到他了？

「那個……韓常璟。」

韓常璟急忙抬頭回了一聲「是」之後就開始打起嗝。

「我只是問一下喔，你現在的身體狀態……」

「對、對不起，您不用在意，我……我沒事。」

韓常璟每次呼吸，都伴隨一聲打嗝。他的肩膀就像是爆米花炸開似地不停顫抖。

媽的，眼前的人都這個樣子了，要怎麼不讓人起疑心啊？李鹿感覺他的腦袋就像被誰窺視一樣，再也沒有比韓常璟更符合自己喜好的人了。

李鹿感到莫名茫然，用手掌下方凹陷的部分，緊緊地壓了壓額頭。

「喂……你如果是有哪裡不舒服的話……」

「殿、殿下您每次……」

也不曉得韓常璟呼喊得有多麼迫切，他的聲音與平時非常不同。

「……我？我怎樣？」

李鹿帶著不知所措的表情指了指自己，想說韓常璟口中說的殿下，到底是不是在指自己。奇怪，我到底怎樣了？

「因為您……您喊了我真正的名字……」

韓常璟最終沒將話說完，一邊嘀咕，一邊用雙手遮住自己的臉。

「因、因為實在是、太開心了……所以就、勃起了。」

李鹿啞口無言地只是張開了嘴。

「呃……不，等等……」

「……對不……起。」

「你真的是因為那個原因而感到興奮？韓常……不，就因為我喊了你的真名？」

現在就連那遮住臉龐的手指也紅了起來，紅到成了一顆蘋果，而不是生栗子的韓常璟輕輕地點了點頭。

「哈……」

「對不、起、真的……」

李鹿莫名地有了自己犯什麼罪的感覺，並不停地抹了抹臉。

哇，萬一這全部都是演出來的，那還真的是一件會令人起雞皮疙瘩的事，如果就連這個都是謊言，那在解決趙東製藥之前，一定要好好調查一下他這身演技是跟誰學來的。

「不過我……我可以、一個人來……」

就像是敲醒了在想著別件事的李鹿，韓常琛小心翼翼地說出這句話，而他也幾乎像是到了忍耐的盡頭，用幾乎是要將其撕碎的力道緊抓著衾枕。

「很抱歉……但是殿下、我現在……」

雖然因為韓常琛那滿滿的哭腔，導致李鹿沒能聽清楚他所說的話，但是他現在似乎馬上就要爆發了，雖然不知道是前面還是後面……韓常琛的呻吟聲更是傳入李鹿的耳裡。

李鹿點了點頭，並向後退了幾步，什麼話也說不出口，在這種情況下，到底還能說些什麼呢？說明天再繼續聊？還是要說祝你有段愉快的時光？

每當李鹿像是逃跑似地移動自己的步伐，裝有感應器的拉門就輕輕地開啟又關閉，從沒想過從廂房到寢殿的路有這麼長，而且為什麼又有這麼多毫無意義的門呢……

「媽的，等我一當上親王，我真的要把這些都毀了。」

李鹿說著若是讓元德院聽到鐵定會昏厥的話。

他一邊將緊勒脖子的領帶鬆開，並將包覆身體的礙事長袍的衣帶解開，以一副彷彿是不良少年的模樣，用幾乎是飛奔的速度走過長長的走廊，那速度快到連李鹿的耳邊都能聽見嗡嗡風聲。

「什麼可以自己來？快爆炸了？」

天啊，那傢伙怎麼能如此若無其事地說出那種話？

「韓常瑮真的是……」

因為韓常瑮說第一次聽到別人叫他的名字，所以就勃起了……以那樣的情況來看，他根本就是一個變態嘛！而那看起來如此純真的臉卻偽裝了一切。

「啊……」

李鹿發出喀啦的咬牙聲……因為某個突如其來的想法，讓他停下腳步。

仔細想想，自他入宮以來，根本就沒有人喊過他真正的本名。不，不叫他的名字那倒還好，因為連花宮的所有人，嗯……應該說是皇室裡的所有人，都說韓常瑮是個狗屎，罵他罵得不停。

因為柳永殿那個傢伙的關係，韓常瑮入宮之後，他的名字就一直都是與那些難聽的言語一起出現。

李鹿慢慢地深呼吸，他可以聞到窗外的青草味，還覺得這是符合季節盛開的可愛花朵所散發的淡淡香氣，突然間有一股櫻草香撲鼻而來。

這花冬天也會開嗎？被裝飾得既沉重又華麗的寢殿庭園，原本就有這麼小的花嗎？

以前都不知道它的存在，但是在意識到之後，卻會一直想去探尋那新鮮清甜的香味。

李鹿深深吸了一口氣，將胸腔漲到最大後憋氣，最終因肺部像是要爆炸似地吸入許多空氣的瞬間，忍不住而張開嘴巴。

他毫不猶豫地掉頭，李鹿這次直接將長袍脫下並捲在手上，也將領帶完全解開來，儘管扣子都鬆開了，他還是覺得脖子很緊繃。

李鹿在現在這種情況也沒有什麼想問的，也不知道什麼事該怎麼處理……但總覺得他得再回去見見那個把自己的一天搞得亂七八糟的韓常環。

「呼……」

韓常環輕撫了幾次自己消瘦的胸膛，希望瘋狂跳不停的心臟可以冷靜點，甚至還大力地敲了幾次煩悶的胸膛，但是仍然無法迎來平靜的瞬間。

昨晚他到底做了什麼傻事？韓常環完全猜想不到李鹿是為了什麼原因，才會發現自己才是真正的韓常環。

而殿下到底知道了趙東製藥多少祕密？到底知道自己多少事？還是說現在只不過是猜測，但是他為什麼會朝那樣的方向去懷疑自己？

這些疑問對韓常環而言全都無解，也許他打從一開始就起疑了，所以才會故意要讓自己喝酒的。

不過可以確定的是，不論自己的真面目到底為何，皇子殿下目前都沒有要將自己趕出去的意思。

雖然韓常環心裡的思緒又多又雜，對方還是沒有要將自己趕走……還有……那對雙唇、那道嗓音，清清楚楚地喊出他名字，還因為考慮到外人的眼光，所以為自己取了「小環」這個新的暱稱。

「小環……」

韓常環將頭埋進膝蓋，反覆著這個與自己名字相像的暱稱。

環。

只不過是用自己名字的最後一個字取的，為什麼聽起來會這麼新鮮呢？

韓常環，自己的名字有如此搔癢人心的感覺嗎？

雖然到目前為止，韓常環從沒對名字或是稱呼賦予過任何太大的意義，但是從現在這個瞬間起，小環這個暱稱，似乎成了一個很特別的稱呼。

「啊……」

話說回來，身體怎麼會這樣？真是要瘋了……

韓常環摀住了臉，並「呼」一聲，長長地呼出一口氣。生殖器實在是太硬挺了，搞得內褲已經溼好久了，在認知到自己處於被刺激的狀態後，全身的皮膚就炙熱到甚至難以與他四目交接。

但是不管怎麼說，都沒辦法看著他那嚴肅的臉射精，所以才會隨便將李鹿趕出去……

但是……當他真的離開後，自己的手還是沒做出任何動作。

雖然他的身體似乎正騷動著表示，快點做什麼來緩解一切，但奇怪的是，韓常瑮就是什麼都不想做，不想抽插後面，也不想揉弄或是晃動自己的生殖器。

只是覺得他的心裡折騰得無法忍受，明明沒有渴望任何肉體上的接觸，但是那沸騰的感覺竟與性快感相似。

這還是第一次以這樣的方式達到情感上的激昂。

韓常瑮完全不知道，若因某人而感到心靈上的滿足，就會因為愛的關係而讓身體變得炙熱，也不知道可以用「分享愛意」這個表現來取代做愛一詞。

當他的心跳變快、開始感到興奮時，生殖器就會馬上直挺起來，接著在達到臨界點後射精，一切單純的步驟就結束了……從沒發生過變數的機制一出現了第一次的錯誤，便讓韓常瑮不知道該如何是好。

「我到底為什麼……」

總之，若是普通人的話，才不會因為那種事就馬上勃起，只有這件事自己是確信的。

他的身體真的壞掉了。在歷經了多次的實驗後，自己成了一個連日常對話都有困難的變態之軀。

「啊……」

韓常璟慢慢地移動蜷縮的身體，胸部便撫上被單，隨著硬挺的乳頭所感受到的刺痛，就覺得有一種令人愉悅的電流席捲全身。

這次是真的很像在服用藥物後自慰時所感受到的感覺。

自己到底為什麼會變成這樣?但讓他煩悶的莫名噁心感應該也只是暫時的，現在緊張而僵硬的肌肉及尾椎下方有鬆開來的感覺。

同時，腦海裡隱隱約約浮現昨晚的記憶和李鹿的臉龐，他就像是故障的放映機嘎吱嘎吱地捲動著底片，雖然有許多破碎的片段，但是這樣反而讓一切感到更加揪心。

他因慌張而推開李鹿，但在幾次的大口呼吸後，那雙紅唇又席捲而來。對方看起來一輩子都沒有過任何不良思想，既潔淨又端雅的臉在折騰自己時輕輕地皺起了眉頭，面對自己出乎意料的話語無言地笑了笑，接著又因某些話而嚇得睜大雙眼，然後再瘋狂似地向自己撲來……

「我真的要瘋了……」

總之，除了「一切都很美好」之外，沒有其他可說的。

雖然毛筆無法與之相比的尺寸讓自己有點吃力，但是李鹿那即使面對自己無關緊要的言語，也仍然猛撲而來的樣子實在是太棒了，所以他也就那樣地撐過去。

李鹿說有很多關於趙東製藥的事情想問，雖然不知道到底能告訴他多少……但是如果能幫上他的話，真的好想幫助他……不過應該不能再期待……他會像那晚那樣對自己又吻又抱的吧？

明明知道自己被騙了，卻還是沒將他趕出去，光是這點，就該好好謝謝他了……

韓常環左右搖了搖低垂的腦袋，緩緩扭動著身體，將身上礙事的衣物脫下。因為害怕弄髒高級被子，所以便將被子捲了捲，放在一旁。

「呃……」

接著，因為擔心自己會叫出聲音，韓常環便把上衣的下襬緊緊咬在嘴裡，而脫下來的下著則是墊在屁股下方，然後一點點打開雙腿。

若是在平常，韓常環會在地板上解決一切，趴著身體並扒開屁股，並在抽插之後清理地板。

這樣一切便會是最乾淨俐落的，但奇怪的是今天卻不想這麼做，不論是自己的手指或是任何物品，都不想插入自己的身後，想的只是……

「呃……呃唔……」

韓常環抓起並撫弄自己站得挺直的下面，嘴裡馬上吐出柔軟的氣息……仔細地想了想，這好像是第一次，並沒有使用藥物，而是靠自己的意志動作。

「呃嗯……」

韓常環背後靠著的床頭裝飾戳到腰部，凹凸不平的觸感有點痛、也有點陌生，沒有觸碰到地面的膝蓋、柔軟的床墊、在輕輕晃動時搔癢著腳底板的柔軟綢緞……所有一切都令人感到陌生。

其中令人感到最困難的就是自己無法預測的身體，韓常環本來很熟悉席捲而來的快感，但是在那之後似乎變得有點不同。

他從原本直接衝破頂點的感覺，到現在變成像是積沙成塔似地一點一點累積快感，記憶中的灰濛煙霧散去，李鹿撫摸著自己的身體各處，並溫柔親吻的感覺又重新浮現出來。

韓常環的龜頭前端已經被體液浸溼得黏稠，心中所期望的結局就像會出現似的，卻沒有出現。

反而因為他太過用力的關係，上面有著正清殿圖樣的絲綢床單一點一點地被推擠，因為無法像平常用藥時一樣，預測到會有什麼樣的快感，這令韓常環漸漸變得更加不安。

「呃……」

韓常環顫抖著身體，快速地上下磨蹭著自己的柱體，明明他就很清楚那種更刺激身體、像是被雷劈似的感覺，並不是像這樣模稜兩可的高潮，但是為什麼……

「嗯？」

韓常環專心於他的下體時，卻因外頭突如其來的巨響而豎起耳朵，那聲音大到讓人覺得不可能是聽錯，那像是不滿意開門的速度似的大力開門聲，以及急忙的腳步聲……

韓常環緊咬著上衣，張開了嘴，那些巨響分明是往自己的方向而來。

完蛋了……那個人絕對不會是李鹿……是鄭尙醞嗎？還是金內官？自己認識的少數臉孔瞬間拂過腦海。

「啊啊！」

韓常環雖然倚靠著床鋪，努力想撐起圓圓蜷起的身體，但也許是因為已經維持同一個姿勢太久，而且就連腿也打得開開的，使得大腿附近就像是抽筋似地刺痛拉扯。

真的沒有一件事情是順利的……韓常環在內心長嘆，並急急忙忙地抓起被子，雖然任誰看了都不會覺得這單純只是蓋著被子而已，但是現在重要的不是這個，而是那咚咚腳步聲現在就近在耳邊。

「……喔？」

韓常環才剛用亂成一團的被子稍微蓋住自己的身體，廂房的門就像是要被破壞似地開啟……

「殿、殿下？」

令人驚訝的是，出現的居然是衣衫不整的李鹿。

「怎、怎麼會……」

李鹿和冷風一起闖進房裡，他將掛在手上的長袍與握在手上的領帶隨便扔向地板，雖然看起來像是好不容易克制住激動的心情，但是感覺又不像是在生氣，反而該說……

「我對你……」

光是李鹿那充滿欲火的眼睛盯著自己的身體看，就讓韓常環的腳尖緊張得彎曲起來。

李鹿試圖將衣服的鈕釦解開，但也許是不如預期的順利，他便帶著脾氣隨便拔開鈕釦，敲響於地板的皮鞋聲，與其說讓人感到威脅，反倒更令人覺得性感。

「我到底想怎麼做……」

李鹿突然伸過來的大手抓住韓常環那稍微露在被子之外的腳。

「我真的不懂，小環。」

李鹿抓著那清瘦的腳踝並輕輕拉向自己，也許是因為覺得全部脫掉很麻煩，於是便拉下隨便披在一邊腿上的內褲。

「……啊。」

察覺李鹿視線方向的韓常環急忙將視線往下移動。

李鹿有一種犯罪的感覺，不，不是那種模擬兩可的心情，而是的確做錯了什麼。明明也不是什麼大事，只是因為想自慰，所以就將寢殿的主人趕出去，然後脫了褲子……若他以態度問題為由來責罵自己，自己也無話可辯。

「這……這個……」

雖然抱著必死的決心想了想該做什麼辯解才好，但是李鹿似乎對這種事一點興趣也沒有，他現在正盯著的，不是那裸露出來的內衣，而是豎得挺直的腳尖，以及將被子扭得像麻花般的指尖。

韓常瑮埋怨起自己這在這種情況下也能大膽挺直的下體，雖然試圖在對方發現之前，用自己手裡的被子偷偷下壓自己的下體，但是那小小的壓力只是不自量力地讓下體反而變得更加腫脹。

更大的問題是，在不久前為止，都還令人感到岌岌可危的高潮警戒線似乎突然變近了。

其實光是一個人回想昨晚的事情，就可以解決了，但是一發現李鹿那像是在鑑賞自己身體似的觀察視線……那告訴自己要自重的想法便逐漸消退，腦海中的尷尬想像隨之逐漸擴大。

因為……李鹿盯著自己看的眼神，感覺跟昨晚的眼神很像……也許現在的殿下也跟自己有著相似的心情……

「……殿、殿下。」

韓常瑮輕撫著被弄皺的被子，小聲地喊了他，也許是李鹿沒有聽見，保持著沉默。

「那個……」

也許是韓常瑮再次鼓起勇氣的努力有了回報，一直盯著韓常瑮身體的李鹿終於緩緩地抬起頭。

但是在兩人眼神交會的瞬間，韓常瑮心中想再繼續與李鹿搭話的想法便完全消失了。他根本就沒辦法開口，因為他的眼眸深處搖曳著炙熱到發青的火焰。

「啊……！」

韓常瑮感覺自己的眼睛變成了速度非常緩慢的膠卷相機，每次按壓快門時，無法負荷的景致便大步大步地像是要吞噬他似地席捲而來。

「殿、殿下……」

像是要將自己的身體燃燒殆盡的眼眸突然變得離自己很近，原本蓋在身上的被子被大力掀起的同時，韓常瑮這才發現其實是他的腳踝被大力抓住並被往下拉。

這實在是太令人驚慌了，韓常瑮每次眨眼的同時，眼前的景象也跟著不停變換，那速度還快得令人噁心。

放在背部下方的上衣和絲綢衾枕全都糾在一起，使得韓常瑮也難以好好躺下，身體掙扎到一半，被漸黑的影子嚇到而抬起頭，他這才發現李鹿正俯瞰著自己。

「明明到剛才為止都還裝作很斯文的樣子，還說我跟其他人不一樣……」

也不知道李鹿是用了多大的力氣咬緊牙關，當他每吐出一個字時，都能聽到牙齒所發出的喀啦聲。

「結果一想到你獨自抓著你的那個搖晃的樣子……」

床鋪邊的燈火就像是要反映他的氣息似的大力地搖晃起來，這裡畢竟是個目前沒有任何風吹進的室內，因此韓常璟這才那麼認為的。

「而且因為你說是因為我叫了你的名字，才會讓你變成這樣……讓我突然覺得，我好像要發瘋了。」

韓常璟只是默默地看著李鹿，像是被吸引似地朝他的臉伸出手，在經歷過幾次的猶豫後，小心翼翼地觸碰他的瀏海，這樣的舉動讓李鹿無言似地笑了。

「這……好奇怪，真的好奇怪……」

李鹿雖然對不知所措的自己感到煩悶，但其實韓常璟喜歡那樣的他喜歡到無可自拔。

雖然在自己的世界裡，所有人都把他當作淫亂的實驗體，但是只要和李鹿在一起的時候……就會有一種自己成為一個若是被碰到了，就會融化消失的珍貴棉花糖。

儘管李鹿擺著那像是能將人燃燒殆盡的欲望眼神，但是在沒有獲得韓常璟的允許之前，努力不伸手的正直，反而讓他覺得自己被重視、進而感到心動的感覺……

不，還是住手吧，李鹿根本就不懂自己想說什麼，就算將自己所知道的一切用語道出口，也想不到任何能正確表達自己內心的適當表現，最終，韓常瓌決定放棄腦海中的所有詞彙語句，並想想別的方法。

「殿下……」

韓常瓌將垂下的手重新舉起，並抓住他的肩膀，但是現在又能給對於至今做過的事情與自制力感到懊悔的李鹿什麼樣的安慰呢？這樣的話，還倒不如……

「那個……其實我不太記得昨天發生了什麼事情。」

希望他在疼惜自己的時候，可以少一點自責。

「所以如果您覺得可以的話……」

反正自己從李鹿那得到的安慰，他是連一片指甲的大小都還不了，就算自己的身體不是那種不論被什麼插，都會爽到溼透的那種身體……

韓常瓌想著，如果有任何東西是自己可以給李鹿的，那自己一定會欣然給予，但是這件事畢竟是不可能的……

「您可以讓我想起昨晚發生的事嗎？」

如果李鹿想不起任何能夠接受的藉口，那只要將一切歸咎於自己就行了吧？都是因為自己淫蕩的舉動，才會招惹至今天的下場……

「……呃呃！」

啊，本來……是想那麼說的。

李鹿就像是預測到韓常瑔接下來想說什麼話似的，他的嘴唇便落了下來。

感覺像是在表示不論自己說了什麼都沒有用，那是個從舌根開始緊密糾纏的吻，寬闊彎曲，像是馬蹄形狀的舌頭包覆韓常瑔整個舌頭，並慢慢地動作著，動作的節奏與速度與插入後扭擺腰部的時候相似，使得韓常瑔不自覺地搖晃起身體，並帶著某種期待的心情，輕輕晃動著屁股。

來不及吞下的唾液就這樣順著嘴唇慢慢滑落，緊閉的眼角也微微顫抖，以及下巴淋溼的感覺……

若是告訴他這感覺與自己溼透的洞流出淫水的感覺類似，李鹿大概會被他這淫蕩的身體嚇到逃跑吧？

「呃！」

但是下定決心要表現得矜持點的想法在心中停留不到幾秒，李鹿的膝蓋就突然鑽進雙腿之間，當他按下大腿內側，韓常瑔的腿就會不自覺地張大開來。

也因為這樣的舉動，讓他昨天經歷過的劇烈疼痛與剛才張開雙腿苦撐時的麻木感一併席捲而來。

也許是因為李鹿察覺到他為了忍耐劇烈疼痛而發出的嗚嗚叫聲，便用著嘴唇內側的嫩肉含住了舌尖，並輕輕地吸吮。

李鹿緩緩將嘴唇抽離的時候，發出宛如打開軟木塞「啵」的一聲，就像是按錯效果音的按鈕，這個與現況不符的可愛輕巧聲響，讓李鹿輕輕地笑了出來。

「啊，啊呃，呃……！」

在李鹿的微笑之下，韓常瓔不自覺地輕輕地笑出來，他便突然以拇指與食指形成勾狀，並快速地揉弄韓常瓔的龜頭下方，那感覺就像是在指責自己現在還有笑的餘裕嗎？

「呃啊、啊、殿……下，這、啊、啊！」

「你剛剛自己打算要做的不就是這個嗎？」

面對那既快速又機械化的射精誘導方式，韓常瓔搖了搖頭，雖然那隱約的熱氣使得他有些沉悶，但是他所期望的並不是這麼快的速度。

「我昨天也是這樣摸你的。」

「什、什麼時候……」

才不是，就算韓常瓔在完事過後的記憶再怎麼模糊，但是韓常瓔還是記得很清楚，李鹿昨天並沒有如此粗暴地撫摸自己的下體。

「你不是說你什麼都不記得了嗎？」

當韓常瑮快速搖頭搖到像是能聽見風聲，李鹿便笑著咬了咬韓常瑮的鼻尖。他努力讓自己不要射得太難看，但是沒想到他人的氣息落至自己的人中時，會是如此地色情。

但如果他在這種姿勢下射出來……李鹿的肚子上絕對會被自己的精液弄得亂七八糟，那樣可不行啊……

「可、可是……」

「這是罰你這些日子以來所說的謊。」

「呃、呃嗯……殿下、殿……」

「韓常瑮。」

「啊、啊啊！」

韓常瑮溼透的洞開始反覆開合，下方甚至還傳出了小小的啪啪聲。

他遮掩著自己那尷尬的臉，而李鹿也並不是不知道，明明受到刺激的就是生殖器，為什麼連後面都開始躁動了……

「我要更正我剛才說的話，雖然我也不是很清楚，但是不論這到底是怎麼樣的情感，我的心都會自己看著辦……」

李鹿抓起了韓常瑮的手，並拉向了自己的肩膀，也許是李鹿討厭韓常瑮那模稜兩可的動作，於是便要韓常瑮環住自己脖子後低下頭。

「但是我們以後都不可以向對方撒謊。」

韓常環仰望看著的李鹿臉，那上面照映著形狀特別的陰影，就像是用尺量過似的，一邊的臉被燈火照映而隱約散發著光芒，另一邊則像是被黑色墨水抹去似的黑暗。

「這又不是件難事。」

一句「對吧」追問答案的嗓音變得有些不一樣。

「如果有讓你感到困擾的時候，什麼話都不說也行，但是像現在這樣……像你所言，你不是韓常環而是韓的時候一樣，我希望你以後不要對我有所欺瞞。」

「……這……這……」

「反正都知道本名了，要做其他猜測也不是件難事。」

李鹿像是在開玩笑似地補充說著。

所有事情李鹿都能查明，還能有什麼更令人驚訝的事嗎？

雖然感覺上李鹿是因為不喜歡這沉重的氣氛，才會說出這樣的話……但問題是韓常環沒辦法將這一切視作玩笑。

韓常環只希望自己那放在他肩膀上的手不要奇怪地抖動，這不是一件難事……所以以後不能再欺騙殿下。但這真的有可能嗎？在認識李鹿之後，已經說過好幾次大大小小的謊話了耶。

雖然韓常璟說既然現在已經知道本名了，那剩下的事情也不難猜測，也許只要自己不開口，李鹿就永遠無法得知自己到底是因為何種原因而進入趙東製藥。

這個人不是想著要讓自己躺下，反而是轉身離開的正直男人，又怎麼能想像得到實驗室裡發生的各種事呢？

「那前言就到此結束囉？」

「啊、啊！」

李鹿突然像是要將尿道堵住似地，用拇指大力地按壓，看來他是想轉換氣氛，但其實以結果而言，這就跟把韓常璟逼入絕境沒兩樣。

「嗯……金、呃，韓常璟。」

「是……」

「我之前都不知道……但我在這方面的個性似乎非常不好。」

「嗯，應……應該不是那樣，殿、啊……殿下……哈呃！」

李鹿指甲下方厚實的肌膚像是摳弄似地壓迫著韓常璟薄嫩的肌膚，光是那樣的重量就讓全身的脈搏瞬間沸騰。

「不管怎樣，我都想照我自己的想法去做，但至少要等到我找到自己可以接受的狀況或理由，我才會感到滿足。」

嗯……雖然這種事情不能說是個性不好，但是他現在的確看起來像是沒有要聽自己說任何話的意願。

「我、可是、我真的……好像……好像要射……啊、啊啊！」

也許是韓常環全身感覺都被放大的緣故，他還能感受到大拇指的指紋碰到何處、壓在何方。

韓常環腦中的畫面迅速閃爍，張開的雙腿也開始輕輕抖動，而什麼都沒能含上的洞則一副像是感到可惜似的大力地反覆開闔，然後……

「呃啊、啊、啊……！」

最終，韓常環在不是悲鳴也不是呻吟的奇怪叫聲之下射了精，如果這聲音被李韓碩聽見，他大概又會說這樣會沒人要，然後一拳揍過來吧。

韓常環哭喪著臉望向李鹿那被弄髒的襯衫，達到高潮的程度或是射精的臨界點，是能像積木一樣層層堆疊的嗎？

也許是因為韓常環在李鹿撫弄之前，自己就已經弄過好幾次，所以現在射精的速度遠比昨天還要快，這讓他多少感到稍微尷尬。

「怎麼了？」

「殿下……您的衣服被我……」

「啊啊。」

李鹿一副像是在說這哪有什麼似地脫下自己的襯衫，在他將手臂自袖口抽出，並準備將衣服丟向床外之前，似乎在看了因韓常瑮的精液而被弄得溼黏的部位後輕輕地笑了。

「反正之前也做過比這個更誇張的事了，而且我還打算再做呢。」

隨之而來的是解開皮帶、拉下拉鍊的聲音，此刻的韓常瑮隱約想起昨天他那折騰自己下體的生殖器。

啊……一想起那令人難以招架的尺寸和粗度，嘴唇就自動乾了起來，甚至不自覺地大口吞下口水。

當時因為喝了酒，所以隨隨便便地快速插入進去……現在在清醒的狀態下想到如此巨大的東西要插進入體內，韓常瑮就覺得有些刺激。

但真的有辦法……再次插入嗎？

「韓常瑮，抱歉，可以換姿勢嗎？你轉過來一下。」

「咦？可是，如、如果用……那種姿勢……」

韓常瑮並沒有傻到不知道李鹿想要的是什麼，他的意思是要自己轉過去趴著吧……但是如果變成那種姿勢……自己那令人害羞的部位就會在他眼前一覽無遺。

「因為昨天躺著的時候，並沒有像這樣的阻礙。」

李鹿用下巴指了指床上的欄杆。

「可是這裡到處都被擋起來，感覺不論是要將手插進去或是吸吮都會有困難。」

「啊……」

「不管怎麼說，我們兩個都還沒熟悉彼此。」

「但、但是……」

「要好好放鬆才不會受傷啊。」

韓常璟不由自主地點了點頭，一閃而過的想法讓他只能支支吾吾地顫抖著嘴唇。

膝蓋跪地並抬起腰部下方的姿勢對他來說是既熟悉又舒服，但是這是指韓常璟獨自一人使用藥物並抽插身後的時候，他一想到得在李鹿面前扒開屁股並將溼透的洞展現給他看，身體就動也動不了。

「怎麼了？」

「因、因為我覺得有點害羞……」

「你在我面前還有什麼好害羞的嗎？你昨天醉得吐到鄭尙醞的背上，這也都被我看到啦。」

「我、我嗎？」

「對啊，我們搭船回去的時候。」

李鹿肩上那不安躁動的手落了下來，他真的是瘋了，韓常璟慘白著一張臉並摀住嘴巴，昨天自己到底……做了什麼？

「嗯……如果你覺得很尷尬的話，那我還有其他方法。」

「就、就照您說的做吧。」

韓常璟瘋狂地點頭表示自己能做到一切，只要能讓他忘記自己昨晚的那副醜態的話，不論是要趴著還是倒立，或是做任何事都可以。

「……喔？」

李鹿一得到允許，他便像是倒在對方身上似地，緊緊抱住韓常璟，然後再直接大大地將他轉了一圈。

「向後轉。」

所以……現在便成了李鹿躺在床上，而韓常璟則像是趴在他身上的姿勢。

「這、這個狀態之下？」

因為李鹿的要求有點稀奇，韓常璟便歪著頭表示疑惑，也就是自己躺在他身上。這是要一起欣賞天花板嗎？雖然刻在天花板上的裝飾也很美麗，但是……

「嗯……你先起來坐好。」

韓常璟腦海中仍是一堆問號，緩緩地起身，並撐著李鹿的胸膛，慢慢地坐上他的腹部……這感覺真是莫名地奇妙，大概是因為屁股正下方能感受到李鹿結實的肌肉吧？

「好，就這樣直接往後轉……把洞的方向面向我。」

「咦？」

「這樣我比較好摸你的那裡，而你也可以摸我。」

「啊……」

韓常璟聽到這樣的說明後，似乎就能理解李鹿的想法了，他是要以最赤裸裸的方式，將能達到性快感的地方公平地顯露出來嗎？

確實，這樣就不用一個人感到害羞了，儘管如此，韓常璟還是會感到尷尬……

「我可以吸吧？」

「喔，這……這……」

韓常璟仔細地想了想，他昨天似乎有對自己的生殖器和會陰部又舔又吸的，但是像現在這樣轉身趴著的話，就一定會將屁股朝向他啊……在這種狀態下，還能用嘴巴吸吮生殖器嗎？

韓常璟真的很好奇，他想問李鹿想要吸吮自己的哪個部位……當他在緩緩抬起腿，並要將身體向後轉的剎那，剛才射精後整個溼透的洞摩擦到李鹿結實的腹肌，並發出「啪」的尷尬聲響。

「啊，是……就……就這麼做吧。」

因為害怕不久前所發出的淫蕩聲響會殘留於他的腦海之中，韓常瑮便抱著必死的決心，高聲地喊著隨他便。

「呃，那……我、我也可以吸嗎？」

韓常瑮因為尷尬而隨便開口說了一句並轉動身體，李鹿便馬上緊緊抓住韓常瑮的骨盆，並將他的身體往上拉。

「我的生殖器嗎？嗯……我是無所謂……但是我怕你的嘴巴會撕裂。」

「啊……」

「這樣接吻的時候可能會痛，所以你不需要勉強自己。」

李鹿將腿張開到適當的距離，並豎起了膝蓋，感覺就像在說隨便你想幹麼都可以。

韓常瑮這時才想起了自己剛才的宣言，也明白自己想吸的那句話在他耳裡被解讀成什麼樣子。

喔喔，所以這姿勢比想像中的……還要了不起耶，完全看不到臉……但是他那撐在自己張開的大腿間的身體，體溫和肌膚的觸感以及氣息，都有種更近的感覺。

不過……就像他說的，尺寸是個問題，要用嘴巴含住他的生殖器其實並沒有讓人感到太大的抗拒。

畢竟打從一開始就是覺得若能專注在彼此的生殖器上，就能夠少一點尷尬，而做出了這樣的體位。

就算想用手去觸碰他的那個……但是一想到一股火熱到好似會灼傷的視線集中在身後，就根本什麼也不想做了。

「哈呃！」

也不論韓常環是否沉浸於自己的思緒中，李鹿像是要將他扒成兩半似地剝開韓常環的屁股肉，同時穿過滑潤的入口，並且用那長長的手指侵入其中。

這下子韓常環終於明白李鹿為什麼會表示，不論自己想做什麼都無所謂了，因為以這種姿勢抽插後面的同時，是不可能會想做什麼其他事情的。

「呃，啊、啊……！」

隨著抽插手指的節奏，韓常環所發出的呻吟聲也隨之起落，那跟著拍子抖動的頭也像是音符般地上下搖晃。

「明明就這麼窄……但是卻能如此柔軟地被撐開，真是神奇。」

面對那如孩童般純真的感嘆，韓常環不自覺地蜷縮起了肩膀。

「啊，殿、下……！」

「雖然我也不是很清楚，但是碰到某處就會興奮起來也很神奇。」

李鹿表示這感覺就像是為了感受高潮而存在的部位，他一邊觸碰著韓常瑮內壁裡面突起的部位，那像鉤環似圓圓捲起的手指、彎曲的指節，一切都成了火熱的刺激，開始震撼韓常瑮的高潮。

「啊……」

手會伸向他那變得壯大的生殖器……並不是因為抱有特別的意圖或是目的，因為既然不論什麼都好，所以才會想試試看別處，而馬上映入眼簾的東西就是李鹿那硬挺的生殖器。

「韓常瑮。」

呃呃……感到難為情的韓常瑮緊閉著雙眼，因為躺在床上的李鹿今天的嗓音與平常有點不同。

儘管如此，李鹿還是喊了自己的名字……搞得他的洞收縮得非常明顯。

「請、請說……」

「我再說一次，你不用硬要把我的生殖器放入嘴巴。」

「啊啊，是……」

「雖然我是很歡迎你依照自己的意思對我的生殖器又吸又舔，但是我不想讓你因此無法與我接吻。」

「好、呃呃、好的……」

韓常瑮一點一點地將李鹿褲子的拉鍊完全拉下，並打算將手伸入內褲的他突然想起一件好奇的事情。

他稍微猶豫之後，用小小的聲音喊了喊李鹿。

「那個，殿下……」

「嗯。」

儘管只是韓常瑮小小聲地叫聲，李鹿也能清楚聽見並溫柔地給他回應。

「怎麼了？」

「啊……那個……」

韓常瑮顫抖著身體，覺得每次李鹿在動作的時候，都會有一種將李鹿插在洞裡的手指當成之前那些毛筆來使用的感覺……

因為那樣的感覺似乎會讓他恣意地晃動起腰部並尋找令人快樂的高潮，所以韓常瑮還是在心裡默默決定什麼都別做。

儘管如此，韓常瑮也沒有自信能看著李鹿那熱衷於自己身後的臉，他最終成了一副要看不看的樣子，將頭轉過去。

「我有一件……好奇的事。」

「說。」

「您在跟我接吻的時候……」

「嗯。」

「就是……嗯……您會有一種……想一直繼續親下去的感覺嗎？」

李鹿像是理所當然似地大力點了點頭，雖然韓常瑔看不見，但卻能感受得到，因為自己的身體與他的臉近到能感受到那種程度的動作。

「不只是嘴唇，而是讓人覺得連這種地方也能吻下去。」

不久前還緊壓著尿道的拇指驚險地朝會陰部和洞口摸去。

「不、不……不、不可以。」

正當韓常瑔擔心李鹿會用舌頭舔向自己身後的洞而感到驚嚇時，李鹿輕輕地笑了，一邊說著這裡一用力就鼓起的大腿肉和緊縮的洞相當可愛。

「為什麼不要？我昨天也稍微舔了一下啊。」

「不，不可以……」

昨天是因為兩人都喝了酒，所以才會什麼也沒多想……

總之，現在他們都在清醒的狀態下，韓常瑔回想起來，就覺得自己絕對不會想被吸吮後面的洞。

為了讓淫蕩的液體自動流出，每天都往洞口塗抹奇怪的藥，然後還用毛筆之類的東西拓寬那裡……怎麼能讓殿下的嘴唇碰到那種地方。

韓常瑮輕輕搖著頭，並用生疏的手法摸索起李鹿的內褲上方，現在問題不是自己的身體，而是得想辦法引起他的注意，讓他能不做任何意外舉動，直接插入自己的體內。

「那……我、我也從現在開始……摸摸看這裡。」

在韓常瑮那充滿野心的宣言之下，李鹿的身體輕輕動了起來，雖然看起來像是在忍住笑意，但是現在的韓常瑮並沒有詢問理由的閒暇，也沒有觀察他反應的意思。

「啊啊！」

但這對韓常瑮而言，這是很丟臉的事。

那堅決的覺悟在他將李鹿的內褲下拉後，便被翹出的巨大生殖器正中臉部的衝擊給抹去了。

嗯……呃嗯……要說這是因為……一時的大意……是不是該說儘管拉開這樣的距離，也能碰到自己臉的生殖器太大了……

揉了揉眼睛的韓常瑮這才清醒了過來，然後呆呆地望著自己眼前耀武揚威的巨物，話說這好像還沒完全勃起……這麼大的生殖器昨天插進了自己的體內？真的嗎？而且這東西等下也會插進自己的體內？

「哇，真的好大……」

「你說什麼？」

「啊、沒什麼……呃啊……！」

本來韓常璟還想著插在內壁裡的手指動作的速度是不是變快了，結果那闔起的洞就硬是被撐開。

一根手指頭……不，兩根手指頭硬是衝進洞裡了。當然，只有一開始那接二連三的插入讓人多少感到有點痛苦，但那之後的感覺就滑順到不會讓人感到絲毫的痛苦。

其實韓常璟也只是在擔心自己怎麼能用那樣的洞去擁抱殿下的生殖器而已，他並不會因為在身後插入什麼而感到疼痛。

儘管如此，因為這尺寸還是讓人感到負擔，身上的汗水也不知不覺沿著脊椎流下，就連手心也流著手汗，更重要的是，那刺激著不規則擴張的內壁裡的敏感地帶的動作，一直讓他莫名地發出呻吟。

韓常璟知道，再這樣下去，射精似乎也只是時間問題，但是如果現在射精的話……這次就不是衣服了，而是李鹿裸露的胸部，又或是那帥氣的臉龐，可能會被他的精液給弄髒。

韓常璟絕對不能讓事情變成那樣。

他在心裡埋怨起研究室的研究員們，為什麼不乾脆地讓他不要懂這種既害羞又尷尬的情感啊，直接把他弄成只要被插就會有感覺、然後射精，但卻感受不到任何情感的人就好了。

如果不是向他大致說明有關做愛的事，而是教他能用和其他人差不多的速度射精的話……

「呃、呃嗯……」

現在不論自己在想什麼，李鹿的手指都確確實實地正探索著洞內，再這樣下去真的會在自己莫名地射出後就結束一切，韓常璟緊張地吞了口水，並艱辛地抓起那難以用單手抓住的巨棒。

他該怎麼做，才能讓李鹿也能感受到快感呢？雖然韓常璟仔細思考了一會，但終究還是得不到任何頭緒。

於是韓常璟決定先用嘴唇內部的嫩肉含含看李鹿的龜頭末端，畢竟就算把嘴巴打到全開，也很難將整個巨棒……不，應該說是也很難將一半的巨棒塞進嘴裡……就先試著吸吮龜頭的上段部分吧。

「哈……」

雖然韓常璟將嘴巴盡量打開，並試圖把龜頭下方最厚實的部分塞進嘴裡……但是李鹿卻用放鬆的聲音嘆了一口氣，剛才握在手裡的生殖器似乎比剛才變得還要硬挺，不對，不是好像……而是真是如此。

「唔、嗯……」

因為難以負擔這個一直在嘴裡如氣球般脹大的東西，韓常琛稍稍將身體往後退……然後他再像是吃糖果般地含住龜頭末端，並小心翼翼地舔舐，手則是抓起了巨棒下方並謹慎地揉弄著。

韓常琛可以感受到乾渴的生殖器上，青筋有種明顯鼓起的感覺。

「呃啊、啊……殿、殿下……！」

一切明明就很陌生，但是似乎有種事情進行得非常順利的感覺……李鹿突然抽出自己在洞裡抽插著的手指，韓常琛對突如其來的刺激感到驚訝，但因為原本插在體內的東西突然抽出的同時，還刺激到整條甬道裡的刺激點，讓韓常琛不自覺地叫了出來。

「忍都忍不住，叫了出來呢。」

「啊，這……這個……」

「韓常琛，不能讓我稍微吸吮一下這裡嗎？」

「咦？」

「因為這裡散發著神奇的香氣。」

李鹿就像是在塗抹乳液似地揉弄著溼潤的入口，那累積於洞口的愛液便「噗咿」一聲，噴得到處都是。

「是啊，其實這才是我最想問的……」

儘管韓常璟精神恍惚，還是清清楚楚地聽見他的問題。

「你的這裡為什麼這麼容易溼？」

韓常璟急促地呼吸，並靜靜地看著李鹿，最初問自己是不是人工製造出的Omega的人就是他，所以會對這個不具有該功能，但是卻能看見反應的洞感到懷疑，也是理所當然的。

先前他還想著李鹿為什麼會發現自己是真正的韓常璟並感到戰戰兢兢，根本就是個傻瓜，疑點都不只一兩個了，他在喝醉酒而與他交纏到恍神的時候，一定也被他發現了什麼吧？

「其實我也因為很忙，所以不太記得昨天的事情了，我明明記得那是什麼滋味的說……」

「可是……」

「常璟。」

啊。

「嗶」一聲的耳鳴聲響，這世界變得完全不一樣，韓常璟大大吞下口水的瞬間，乾澀的喉嚨發出了巨大的震動。

只不過是三個音節——韓常璟，他只不過是輕鬆地喊了自己的名字，但是……

「常璟，我來讓你開心點。」

李鹿那聲呼喊就像是某種咒術一樣，讓韓常璟動彈不得，儘管感受到他的嘴唇正調皮地咬弄著自己的屁股，但是也無法做出拒絕後續動作的舉動……就這樣，韓常璟不停地回想李鹿那好似永恆的聲音。

常璟，常璟……

仔細想想，活著的這二十年來，根本就沒有任何人對他只喊名字，而李鹿也只不過是將姓氏省略，僅僅只叫著常璟這個名字罷了……但是自己卻像個傻瓜似地眼眶泛淚，還好他背對著殿下，所以他似乎沒能察覺到他的情緒。

「呃……」

到之前為止都還填滿著裡面的手指就像是找到了位置似的，在經歷兩次短短的反覆動作後便抓住了屁股，韓常璟感覺不會痛，卻也不是能輕易戰勝的強大握力。

「哇……韓常璟。」

雖然李鹿將圓圓的屁股肉盡力扒開後，似乎在讚嘆著什麼，但韓常璟也沒能聽得很清楚，接著在一陣沙沙作響的聲音之下，這才發現他那貴重的雙唇輕輕地咬住臀部。

伴隨著「啾呃」聲響，那到處吸吮的雙唇與舌尖，便一點點地開始往某個地方動作。

「呃、呃嗯……」

韓常璟身體圓圓地蜷起，腰部也在非自我意識下扭曲起來，每當韓常璟翻來覆去的時候，唾液與愛液的交纏啪啪聲似乎就會變得更大，他便決定在什麼也做不了的狀態之下，用力支撐著大腿。

其實韓常璟有感覺到，李鹿不久前大概是故意那樣以輕鬆的口吻叫著自己的，那跟昨晚因滿滿的酒意之下而不自覺發出的親切語感完全不同。

既然已經知道自己會興奮的理由是因為聽見他喊自己的名字，那麼李鹿一定是故意如此親切地對自己喊出了「常璟」。

但是就算李鹿有什麼意圖，那又有什麼重要的？反正人們總是用盡各種理由來利用自己，而在那之中，雖然看得出意圖，卻溫柔地喊著韓常璟名字的人，就只有李鹿。

「啊啊！」

呃呃，所以自己現在才會因為心軟而照著他的意思去做……儘管如此，這感覺也有點……似乎有點難以承受。

那不是手指也不是生殖器的溫暖肉體一舔舐自己的身後，就讓那不久前才射了精的下體開始抬起頭。

大事不妙，射過一次精後，以韓常璟的經驗來說，中途射精的冷卻時間會漸漸變短的事實，他比任何人都還要清楚，在連續幾次的射精之下，就會來到高潮的臨界點，就算尿道末端沒有流下任何東西，生殖器也還是會在硬挺的狀態下，像是莫比烏斯帶一樣達到連續的短暫高潮。

雖然這話是理所當然的，不過那種感覺與其說是甜美，其實是種龐大到令人痛苦的感覺，可說只是種像毒藥般的快感罷了，所以必須防止自己的身體達到那種境界。更重要的是，自己不管怎麼說都不想以現在這個姿勢……以屁股洞朝著李鹿打開的姿勢射精……

韓常環在陌生的性快感中掙扎，他大力地緊咬著下唇，然後將手伸向眼前這個被自己一時忘卻的巨大生殖器。

那一隻手連一半也抓不好的沉重感以及適當的熱氣，讓他一直發出炙熱的喘息。

「啊呃、呃……！」

當韓常環張大嘴巴，準備含下的那一瞬間，他便被李鹿那溼潤的舌尖輕輕吸吮洞口下方會陰部的感覺嚇到崩潰。

「殿下……殿下，我……」

韓常環驚慌到大力晃動身體時，李鹿那輕鬆抓住骨盆的手便鬆懈下來，韓常環就像尾椎著火似的，快速地移動身體，並一邊乾咳，一邊向後瞥了瞥。

也許是因為過於興奮，眼角及雙唇都變得紅潤的李鹿疑問地歪了歪頭。

「怎麼了？」

雖然不知道他用手背輕抹雙唇時所沾上的液體是他的口水，還是自己洞裡流出的液體……但是能確定的是，那是一副非常煽情的畫面。

韓常環一開始是因為這太尷尬，所以才會故意乾咳幾聲，但當真的看見李鹿的臉之後，就真的因為感到慌張而不停地咳起嗽來，害羞得鼻尖開始發麻，甚至連喉嚨也癢了起來。

真搞不懂自己到底做了什麼，才讓殿下……露出了那種色情的表情……

「那個……」

「你就這麼不喜歡被吸吮肛門？」

「不……不是不喜歡……」

韓常環慢慢地朝李鹿轉了過去，按著他的腹肌，並認真動作身體的每一刻，都能聽見相觸的肉體所發出的小小撞擊聲，但是現在不論是什麼情色的聲響、又或是任何淫蕩的姿勢，都比不上他那躺著仰望自己的臉還要來得刺激。

「因為這對我來說還是太大……所以才……」

「嗯……」

「但是今天……讓我來試試。」

反正韓常環知道只要李鹿有想做的，自己根本也無法拒絕，所以他便冷靜地主動道出自己想說的話。

「你要做什麼？」

「嗯……我要在這裡試試看。」

「這是什麼意……啊。」

總之，將他的巨棒放入洞後，韓常環便開始動作……畢竟自己也稍微有過相似的經驗，所以似乎能更熟練地讓李鹿感到滿足。

「韓常環，等一下。」

將上半身往前傾，並將一隻手往後伸，這時才明白韓常環意圖的李鹿驚訝地撐起了一半的上身。

「啊……這……」

但是韓常環因反作用力而向後滑的時候，他用著比剛才更輕易能抓住自己的生殖器的姿勢，李鹿見狀便露出不知該如何是好的表情摸了摸臉。

「呃唔……」

本以為末端已經完整地與入口相合了，雖然這話是理所當然的，不過插入的難度並不是木棒或是毛筆可以相比的，手上觸碰到的肉體比那些物品都還要滑潤得許多，粗度與強度也是它們的兩倍。

「啊，殿……下……」

當抓起巨棒的手一滑，也許是因為受到刺激，那東西總會不經意地脹大，韓常環輕輕往下一瞥，到現在連龜頭也沒能含進去。

「不，韓常瑮，這你可能做不來。」

「我、我可以……等……等等……」

「現在男上位對你來說應該會很吃力，不需要勉……啊……！」

因為李鹿一副要將身體完全抽離似的動作，韓常瑮心急地緊閉著雙眼，並大力地往下坐。

「啊！」

若是被插在魚叉上，是不是就是像現在這種感覺？

雖然就連要好好呼吸都很吃力……還好這陣痛苦並沒有持續很久，雖然不便的異物感仍在，但隨著時間的稍微流逝，那炙熱的痛楚似乎稍微消失了，呃嗯……之前都不知道，原來比起一點一點地慢慢插入，這樣一次插入似乎反而更好。

「呼……不能再進去了，真的不能。」

李鹿睜開了緊閉的雙眼，並用一隻手抓住了韓常瑮的骨盆，再用另一隻手的指尖，像是抓搔似地撫摸著那纖瘦的肋骨和腹部。

「我的那個好像已經碰到這裡了耶。」

雖然那動作相當緩慢所以不會痛，但是還是有點擔心他會不會突然抓住自己的生殖器。

不過李鹿的手停留的地方，竟出乎意料的是肚子的某處，並指著那若不詳細觀看，就根本看不出來的凸起處，然後一副困擾地笑了笑。

「這裡不是凸起了嗎？」

「啊……」

是因為燈的關係嗎？還是因為影子呢？總之，雖然在自己的視線裡看得不是很清楚，但在李鹿眼裡卻相當清楚。

「似乎是因為我的生殖器現在正刺激著你的這裡，所以它才會凸起的喔。」

「可是……我不會痛……」

李鹿含糊其辭地長嘆一口氣，每到這種時候，韓常瑮就會鮮明地感受到，手正觸碰到的這個結實身體上的肌肉是如何動作的。

殿下的裸體真是神奇，摸起來明明就既柔軟又漂亮，但是卻像石頭一樣堅硬，就像他那堅硬的意志一樣……

「韓常瑮，你是打算只用縮緊小洞讓我達到射精嗎？」

「咦？」

「如果不是的話，那乾脆讓我動作也行吧？」

「呃，可是……現在這樣，啊！呃、呃啊……」

李鹿以十隻手指頭，像是要將對方的屁股碾碎似地緊抓後，他在下方稍微挺起腰部，那令人感到陌生的震動敲醒著內壁，那撐著他腹部的手一直不自覺地滑落。

不知不覺，那硬挺的生殖器便開始啪啪啪地觸碰著腹部，宣告著自己的存在，韓常璟想著再這樣下去，開始不知羞恥地在他的腹部上磨蹭生殖器的話，那該怎麼辦？

「啊……！」

韓常璟稍微挺起腰部……卻發現這也是一件令人為難的事，因為這樣似乎多少能赤裸裸地看見那啪啪作響又緊貼的圓形陰囊下方，李鹿的生殖器是如何進出小洞的。

李鹿那緊抓著韓常璟屁股的手掃過尾椎上方凹陷的部位，在那令人搔癢的動作之下，後頸上的汗毛似乎毛骨悚然地豎了起來。

「嗯，啊、不……！」

韓常璟那顫抖著身體連忙極力否認拂過自己身體的寒意。

不！不對，這不是因為舒服……

「啊、呃啊，啊，殿、不……不可以，殿……下！」

順著李鹿的手輕輕按去的地方，有一種電流通過的感覺，接著隨之而來的是眼前一片空白，那緊抓著肩胛骨的手搓揉著前臂，然後又再次伸向乳暈，接著當他一撩一按地左右撫弄腫脹的乳頭後，精液便像是期待許久似地一傾而出。

「……一切感覺都很好，但我就是不知道你射精的前兆是什麼。」

盯著韓常環冒出青筋的纖細脖子和好似將山水畫搗碎的紅腫身軀，李鹿用著與之前無法相比的速度快速地擺動著腰部。

「所以我有點難……抓到時間點。」

「啊、啊，不……殿、呃啊、啊……！」

「不過這樣好像也不錯……這麼容易有感覺。」

韓常環發出了好似悲鳴的呻吟，刺耳的嗓音隨著身體的大力擺動也跟著爆炸開來。

明明插進去的人是李鹿，但韓常環卻有一種自己的身體想辦法找到適合的深度並填滿裡面的感覺，身體的重量也有比平常還要重兩倍的感覺。

重力可不是為了緊縮著他的生殖器，並要其盡情抽插自己內壁而存在的啊……

「呃、啊、啊……！」

韓常環一邊胡思亂想，一邊在李鹿的抽插下掙扎，最終無法忍受甚至令他感到反胃的劇烈感受，並栽倒在他的懷裡。

脹大的內壁隨著呼吸的節奏，反覆地脹大與縮小，跟隨著那樣的節奏，當李鹿輕柔地動作時，插入也隨之變得更深，儘管腰部擺動的動作就像被槌子狠狠敲擊一樣，但是韓常環身後的小洞仍輕柔地反覆收縮，並吞噬著他的生殖器。

韓常瑮的嘴裡嘆出一口苦澀的氣息，小洞就像是要將李鹿的生殖器吸收至更深處似地不停收縮。

隨著那適當收縮並放鬆的壓力，他的生殖器滑進了可以插入的最大限度，雖然這樣的比喻聽起來多少有點貪吃，但除了「吃掉了」這句話，再也沒有其他言語，能用來形容這樣的動作了。

「怎麼會……這樣？」

李鹿輕輕地咬了咬癱倒在自己身上的韓常瑮的肩膀。

「奇怪，小洞怎麼能這樣……將生殖器往裡收縮得如此緊緻？」

李鹿一邊讚嘆，一邊輕撫著韓常瑮纖細的腰部，就像是要在肌膚上留下痕跡似地隨著脊椎慢慢輕撫著，然後再緊緊抓住那輕輕抖動的屁股。

「殿、殿下，我……再也……啊、啊……！」

也許是李鹿的生殖器實在是太大，就算不四處大力衝撞，僅是反覆擺動，就會有種要將一切敏感帶橫掃一遍的感覺，再這樣下去，是不是又要射精了……

韓常瑮擔心之下再次起身的瞬間，就不小心與垂下視線，並凝視著自己的李鹿對上眼。那盯著自己的視線非常溫柔……投向自己的目光，自瞳孔深處反覆閃爍著強烈的光芒，兩人就這樣默默無語地盯著對方看，而在氣氛變得有點尷尬的瞬間，裡面便大力地動作著，讓李鹿那英俊的眉峰也大大地顫動了起來。

「哈啊……」

「哈……呃、呃嗯……啊、啊！」

那感覺就像是至今為止都只是在睜一隻眼閉一隻眼放縱似的，李鹿像是開始在內壁裡開創一條新道路似地大力頂撞。

夾帶著感嘆的氣息和依舊微微顫抖的生殖器末端……在經歷過時間的流逝，李鹿似乎終於射出來了。

李鹿一直不停動作的腰小心翼翼地靠上床，也許是因為考慮到韓常環會受到的刺激，他將動作幅度放到最小。

韓常環將身體靠向寬大的胸膛，並用力地喘著。所以……李鹿的精液是不是正往自己的洞裡傾瀉？但是很奇怪的是，他居然沒有任何感覺，雖然也不是在期待能聽見嘩啦的水流聲啦……

「很累吧？」

「不，不會，殿下……乾脆……快一點還……」

原來想像和現實是不一樣的，正當還在這麼想的瞬間，身體就被小心翼翼地抬起來，還正在咬著指甲的韓常環驚訝地抬起頭。

「直接快點……」

「直接抽掉比較好嗎？」

「是、是……」

「插入的時候也是？快一點比較好嗎？」

「對……」

李鹿一邊表示知道了，一邊將生殖器一次抽出。

「我下次會好好考慮的。」

韓常環裡面的肉黏呼呼地貼上了李鹿的生殖器，他在一陣尷尬下決定緊緊閉上雙眼，

這樣感覺就像……像是在求他再多插自己一點似的。

「啊……」

但是真正讓韓常環該感到尷尬的其實另有其事，當李鹿將生殖器抽出時，緊閉的洞口被扒開，某種東西便開始嘩啦啦地流下。

韓常環慘白著臉蛋並用下面用著力，雖然不知道這是李鹿射出來的精液，還是自己流出來的愛液，但是不論是什麼，都一樣令人難為情。

雖然在互相交纏之後聽到這種話，他大概會覺得很無言……但昨天感覺就像是夢一樣，而剛才他在自己洞裡射精時，似乎也沒有什麼特別的感覺……不過現在似乎真的有種

跟李鹿纏綿過的真實感。

「你為什麼要一副如此為難的表情?」

「嚇,殿下!啊,不可以……!」

一隻手將自己緊緊抱住的他,用另一隻手的食指和無名指撐開了小洞,並將中指戳了進去。

「呃啊,不,不行,後面,好像……好像要射了……啊……!」

「沒關係。」

韓常瑮頭頂著他的胸口,並快速地連續搖晃起來,他晃動的程度大到甚至能感受到頭髮和額頭上的汗水噴灑出來。

但李鹿一點也不介意,並將手指彎曲成鉤子的形狀,在洞裡四處搗亂。

韓常瑮為了讓那緊閉的地方不要因下體鏟土般搖晃的動作而被撐開,因此出了不少力,但是那樣的努力反而更輕易地引起了不久前身體所感受到的熱氣。

「那你打算讓精液繼續待在裡面嗎?這樣對身體應該不好吧?」

「啊,不、不是……啊呃、呃嗯……!」

韓常瑮那被提起的屁股輕輕地抖動著,那像是要插入兩人腹部間的生殖器末端開始變得溼透,那只不過是一瞬間,當緊閉的眼角好似發生痙攣般地顫抖時,「啪」一聲,後面發出了好似氣球爆炸的聲響。

同時伴隨著已經不知道是第幾次，那種快要射精的感覺，啊……這下連叫都叫不出聲了，雖然有感受到因為張開嘴巴而流下的唾液，但是現在可是連好好管理形象的力氣都沒有了。

「……韓常瑮。」

「常瑮？」

雖然李鹿的呼喊不停落向韓常瑮的腦袋，但他還是沒臉抬起頭來，實在是太丟臉了……也因為自己的臉正埋在他的胸膛裡，就算他想躲也躲不了……

「我喜歡你那不忍耐，直接真實地反應出來的樣子。」

也不知道李鹿是想安慰，還是稱讚自己，總之他那輕柔撫慰的嗓音中帶有濃濃的笑意。

「這……」

「雖然有時候我也會想，你是不是故意發出那種聲音的，但是……」

李鹿就像是將韓常瑮視為一個孩子似地摟抱著他，並用一手壓著床鋪、撐起了上半身。

多虧了這樣的動作，韓常瑮與他對上眼，並成了被他擁在懷中的姿勢。

距離近到韓常瑮都可以細數對方的睫毛到底有幾根……互相觸碰的下體更是因雙方的

精液而糾纏在一起。

韓常璟大大地吞了一口口水，剛才是和殿下發生關係，而現在則是將兩人之間的纏綿完全印入腦海之中……原本心裡還只是這樣的感想，但是在盡情纏綿後看到雙方的結果物後，心情就變得莫名微妙，而李鹿……也是因為對自己的感受與渴望，所以才會達到如此快樂的成果……

「其實我覺得我還能再來個幾次。」

「呃、嗯？」

「我才二十三歲，甚至過去的這兩年間，大部分的時間都在軍隊或飛機裡度過。」

「但是我……我也二十歲了呀……」

李鹿表示那現在不就正是那個時候，並用鼻子呼氣，難為情地搔了搔後腦杓。

這時，韓常璟終於理解他想說的是什麼，意思就是自己現在正是精力旺盛的時期，之前還想著他皇子殿下的身分不是蓋的，是不是連這方面都特別突出……

「嗯，總之……我是這樣想的啦，不過這樣下去你可能會非常不舒服，所以今天就到此為止，洗洗睡吧？」

其實若說要再繼續，韓常璟也是可以的，但在跟李鹿接觸過後，韓常璟似乎這才明白那些日子以來，他們要自己在實驗室做的那些運動到底是哪方面的運動了，比起結實的肌肉，他們似乎認為只要培養耐力和體力就夠了。

「……好。」

當韓常環輕輕點起頭，他的身體就被抬起來，因身體被劇烈傾斜的感覺嚇到，而隨手抓住能抓的東西時，這才發現他居然不經意地將手環在李鹿的脖子上。

「不對啊，你上次在那麼不方便的地方跟我做過，與今天相較之下，身體能夠更輕鬆地接受我……你沒有特別不舒服的地方嗎？像是被撕裂……」

「啊，是，我沒事。」

「沒錯，人家都說我們這個年紀的人，就算不吃飯只做愛，也不會有問題。」

「真的嗎？誰、誰說的？」

「鄭尙醞。」

李鹿認真的表示，自己到目前為止當然都不曾體驗過那種紊亂的生活，作為李皇子還是有體面要顧。

韓常環那拉緊下巴並噘著嘴的表情就像是漫畫中的人物一樣，可愛到讓人不禁大笑了出來。

「喔？話說你的聲音好像有點啞掉了。」

「啊……沒關係，我不會痛。」

因為每走一步就會互相碰觸，那搞不清楚究竟是誰的汗水溼漉漉地滲透出來，心臟也狂跳得讓人覺得不適，不過也沒有必要一邊小心一邊感到害怕，因為這圍繞在耳邊的脈動聲，千真萬確就是來自於李鹿。

韓常璟靜靜地閉上雙眼，現在再也無法回頭了，不論是自己的真實身分，又或是與李鹿發生關係的事實。

等到了天亮，因為喝酒所以不記得的藉口，就再也無法適用於兩人的身上了，還有那要自己別再說謊的唯一要求也將成為欺瞞，一輩子被束縛的自己，就算解開了束縛，自己仍然只是個不敢踏出實驗室的膽小鬼罷了。

那樣的自己，哪怕只是一點也好，真能幫上李鹿嗎？真的有能幫上他的方法嗎……

「喂！」

「呃呃……」

「唉，真是的。」

還正想說這是哪來的聲響，陽光就隨之灑落在了臉上。

韓常璟眨眨眼睛，並緩緩起了身，房內的竹簾被向上捲起，透薄的窗簾也被打了開來，嗯……應該說是正在被打開。

韓常璟呆呆地望著傳統樣式的建築物中，首屈一指的宮殿與最先進的家電產品之間的融合。

「真是的，你命還真好。」

「啊……」

鄭尚醞在遠處敷衍地點頭問好。

他一邊咋舌，一邊到處按下按鈕，包含空氣清淨機在內的各式機器響著輕快的提示音，並開始運轉。

韓常璟這時才回過神來，壓了壓蓬鬆凌亂的頭髮，並低下頭。

「那個……您……您好。」

「是是，我很好。」

他那完全感覺不出哪裡好的嗓音和神經質的手部動作，讓韓常璟莫名地害怕，並將自己蜷縮得像隻烏龜一樣。

【現在是上午十一點。】

此時，放在電視旁的一個長得像太空船，不知究竟為何的機器發出響亮的聲響。

十一點？天啊，已經這麼晚了？

這樣鄭尚醞會不高興也是理所當然的，明明就不是這個房間的主人，但還是懶惰地在床上待了這麼久……

「對、對不起，我不知道時間已經這麼晚了……」

「既然殿下命令說要讓你好好休息，那這就不是你該感到抱歉的事。」

「呃，這……」

昨天不是在廂房，而是在李鹿的寢殿與他一同入睡，儘管如此，在李鹿的一句「怎能睡在亂七八糟的寢具上」的話之下，韓常瓌便無可反駁，就這樣像是被半拖走似地拉走了。新的寢具會被弄髒，大部分都是因為自己流出的體液，所以也說不出任何適當的話語來拒絕他。

然後就這樣，韓常瓌得過且過地被李鹿抱著走過長長的走道，李鹿笑著告訴自己，不久前因為聞了窗外飄進來的淡淡花香，而決定要回頭找自己的事。

其實韓常瓌根本就不明白他所說的香到底是什麼香，人家都說了解多少就會看見多少……

看來香氣也是一樣的，雖然還是有感受到清涼的木質香……呃嗯，真的沒有聞到什麼啊……不過也許這股草味之中，真的有包含著他所說的那種淡淡櫻草香吧。

不過就算這樣韓常環的心情也不差，如此無知也是自己的錯，而殿下竟在聞到了花香味後想到了自己……就算那花又小又簡樸，又怎麼可能會不高興呢？

「那個，請問……」

「殿下去參加連花宮舉辦的御膳房定期展演了，那是個可以展示宮中料理和平壤傳統料理的大活動。」

「啊啊……」

原來如此，殿下果然很忙，殿下從一大早就忙得不可開交了，而自己沒有任何事要做，卻還睡了懶覺，感到尷尬的韓常環將頭低得越來越低了。

「總之，在那麼重要的場合，我會不在殿下身邊服侍他……全部都是因為你。」

「……咦？」

「雖然殿下有特別拜託我，要我向你說明各種大小事，但是就算他不吩咐，我也會自願站在這裡。」

「因……因為我嗎？」

回頭望向自己的鄭尙醞表情看起來不是很好，不對，這已經不叫不是很好了，而是很明顯地感到不爽。

韓常環害怕地起身，雖然因為扭了一下而差點摔倒，但是好險那副醜樣並沒有太難看，跟李鹿借來穿的睡袍不論是胸圍還是長度，都比自己的尺寸還要大上許多，搞得韓常琛的動作不得不緩慢一點。

「對，因為韓常琛先生的關係。」

「呃……」

韓常琛啞口無言地像一隻牛，眨著大大的雙眼，自己的本名是韓常琛的這件事，如今已經成為了眾所皆知的事情了嗎？

「為了保護你，在未經許可之下，你不能隨意移動，不只是正清殿外面，還有你要居住的廂房……若是有時需要從殿下的寢殿離開，也請你一定要報告金內官。」

「呃，那……」

「庭院和大廳的清掃當然也是不允許的，我們會再找找能讓你排解無聊的事情，這陣子就算覺得無聊，也請你稍微忍一下，還有……」

韓常琛為了隱藏自己的焦躁不安，便不停地搓揉自己無辜的手指，甚至不知道自己那樣的動作，讓他看起來就像小幽靈在晃動長長的袖口。

鄭尚醞看在眼裡，「唉」的嘆一口氣後搖了搖頭，嘴裡似乎還嘀咕著自己真是命苦。

「我直屬於輔佐皇室後代的詩經院，負責在李皇子殿下身邊輔佐他。我合格之後就被派到李皇子旗下，也已經在他身邊輔佐他很久了。」

鄭尙醞就像在憶當年似的，露出了稍微憂愁的表情，也是……他看起來差不多是三十歲後半的年紀，想必會覺得李鹿就像小了他好幾歲的弟弟吧？

「總之，我的名字叫鄭誠泰……職位是尙醞，在朝鮮時代，尙醞原本是負責釀造貴賓們的酒的內官，但是在現代使用的意義完全不同。現在連花宮的尙醞就只有我一個，你可以放輕鬆一點，叫我尙醞就行了。

「還有啊，韓常璟先生。」

「啊……是。」

「現在有個問題，是我們和廣惠院想一起調查的，而這調查需要你的協助，詳細情況殿下會在傍晚親自與你說明，他讓我事先告知你，說你可能會需要做一些心理準備。」

「啊……是……」

席捲而來的焦躁，讓小幽靈的袖子開始更劇烈地晃動。

廣惠院，負責醫療與保健的國家機關，這是他不可能不知道的，他們是趙東製藥最在意的國家部門，那是一個光是一點小事，雙方就會互相找碴，每天都像仇人般互相爭執的地方。

「還有，除此之外……我也有話想對你說。」

「呃，是……請說。」

「有一個東西叫做日事錄。」

鄭尚醞搓了搓梳理整齊的頭髮，然後稍微望向遠方。

「這就是身為皇室成員，每天都得寫的一種像是日記的東西。雖然小時候有父母代寫，不過在皇室成員學會讀書寫字之後，儘管是些不像話的字句，也還是得寫下來。」

「總之，就是皇室成員，從出生那一刻到死亡為止，每天每天都得寫下自己的心情及生活。」

皇室成員一輩子都得寫那些就連博物館員工或是考古學家都膩到無法一一看過的龐大紀錄，因為這就是這些投了好胎的幸運之人被賦予的義務。

「所以……在被分配到詩經院的同時，也要開始練習將來要服侍的對象的筆跡，因為他們大部分都會麻煩我們代筆。」

「代筆……？」

「對，很麻煩，畢竟那種東西怎麼可能每天都寫嘛！」

儘管如此，也不代表輔佐者可以隨便捏造內容，一般來說，就是上位者說什麼，就把它寫下來。

當然，也是有人會像流氓一樣，使喚尚醞或是尚宮，但是這種情況不常見就是了。

「但是殿下至今為止，都不曾拜託我代筆，據我所知，他過去也不曾找人代筆。」

李鹿一天都不少，嚷嚷著快要煩死了，卻還是親手完成自己的日記。

之前曾傳出這樣的佳話，說李皇子殿下每天都親手寫下自己的日事錄，但是這樣的傳聞之所以沒有廣為人知，是因為大部分的人都不相信會有這種事。

自然也沒有任何熟識的媒體為他報導這樣的佳話，而春秋館對於勢力薄弱的李皇子也一直抱持著曖昧的態度，所以在宮裡也只有部分的人才會知道。

「除了用那是他天生的個性之外，就很難以其他話來形容了，畢竟要好好履行自己被賦予的義務……沒錯，該說這也是一種強迫嗎？而也許是因為自己是李皇子的關係，儘管在那樣的情況下，他也覺得必須善待他人。」

當然，雖然殿下本人認為那樣的自己是足智多謀、野心滿滿……鄭尙醞苦笑著。

「殿下本人認為自己正完美地克服那些侵犯他的負面傳聞，還有著與那些想欺壓自己的低劣傢伙不同的自豪感……但是我認為這也是他長年來的壓迫症狀之一。」

「所以，殿下那剛正又善良的心，也不能完全說是好的，至少對他本人來說是這樣，自己都緊張兮兮地在苦撐了，精神層面的健康又怎麼可能會好？」

昨天的李鹿也說過和現在一樣的話，因為自己和其他人不一樣，因為自己不會那樣生活……

「我想你大概也嚇到了吧？殿下是真的很溫柔。」

話鋒突然轉向自己，反覆思考著鄭尙醞所言的韓常璟緊張地點了點頭。

「是……他從一開始就對我很好……」

「他可是一名會對共度良宵的人好到讓對方覺得他過於無趣，而甩了他的人呢。但是像現在這樣遇到自己很喜歡的對象，不禁讓我想著狀況是否非同小可，不是有人說過，溫柔也會是一種病嗎？我想沒有其他更貼切的話，能夠用來形容殿下了吧。」

喜歡的人？韓常璟努力讓自己躁動的心平靜下來，他剛說了像現在遇到真的很喜歡的人……難道那個人是在說自己？

「雖然我話說得多少有點沒頭沒腦的，但總之我想跟你說的就是……」

鄭尙醞用食指長長地拂過框窗，就像是在檢查是否有任何異物入侵似地。

「所以你別太過認真地看待內心深處故障的他所給予的溫柔，甚至作著任何荒唐的夢，造成自己的困擾。」

Whispers Through the Willows

第
08
章

鄭尙醞用犀利的眼光凝視著窗框，維持著冷淡的表情，轉過頭來望向韓常環。

「你該不會是在期待那個柳永殿的冒牌貨瘋子被趕出去後，自己就可以成為殿下的配偶了吧？」

「咦？」

「不是嗎？事情暴露的時機點正好啊，殿下回來，並且差不多要整頓一切的時候，過去的兩年間死守的祕密就這樣莫名地被公開。」

「那、那個，其實我……我到現在也還不知道為什麼會變這樣……」

「你是不是覺得利用趙東製藥已經利用夠了，現在應該要成為柳永殿主人的時候了……」

「咦？沒、沒有……沒有，我、我完全……沒想過那種事……」

「嗯……那就好，要駕馭殿下都已經夠累人了，若是連你都在作荒唐又可笑的美夢的話，那就真的大事不妙了。」

韓常環慘白著臉，結結巴巴地吐出了反駁的話，他就像是氣球，被吹得好大好大的各種情感，一瞬間就像是「砰」的一聲，爆炸開來。

配偶？柳永殿的主人？

儘管韓常環曾期望能再次與他接吻，但是這種大膽的想法，是真的從沒有過……而且他也能對天發誓，自己從未做過那樣的夢。

「殿下一開始對你有著不尋常的關切時……也就是他不知道你才是真正的韓常環的時候，我曾跟他說過，跟你相比，他倒不如去真心喜歡柳永殿的那個混混。」

鄭尙醞那如暴風席捲而來的話語多少令人感到有些吃力。

韓常環失了神，僅是盯著鄭尙醞的嘴巴。

「你想想看，在解除婚約的情況下，若和訂婚對象從家裡帶來的人產生感情，那被批判的人會是誰？所以乾脆讓殿下真心愛上柳永殿那個瘋子後被拋棄還比較好，但結果……」

鄭尙醞不耐煩地嘖嘖說道，從沒想過會發生比最差的情況還要更令人困擾的狀況。

韓常環則是難過地像個罪人一樣，盯著地板。

雖然自己從未抱持過任何無謂的期待，但是看到眼前的這個人厭惡到這種地步，也許自己的過錯真的也不小吧。

也是……在不久之前，自己都還不要臉地只聽自己想聽的話，然後因為那些話而心動到不知道該如何是好。

「其實現在不只是殿下，就連我，還有知道這件事的少數人都在懷疑你是不是有什麼計謀，這才故意接近殿下。」

無精打采地低著頭的韓常環突然抬起了頭。

「咦？這……這怎麼可能……」

「想想你身邊發生的所有事，我們也只能懷疑了啊。」

「不，絕對不可能，我絕對沒有那種意圖……」

韓常環無力的身體大力地搖晃一下，雖然抱著必死的決心反駁著，但是尖銳的叫聲卻非常微弱，除了否定之外，再也沒有能夠支持自己的證據，這只不過是連小孩子也能表現出的倔強罷了，而明白一切的韓常環也只能更急迫地吶喊。

「絕對不是那樣的……」

「所以啊，你要好好感謝殿下，畢竟他說就算情況至此，也要將你放在自己身邊，當然，從你在這睡醒來看，殿下似乎也打算繼續當你的炮友。」

炮……友？韓常環反覆嘀咕著這對他來說既陌生又熟悉的詞彙。

「也許你會埋怨如此無情與你保持距離的我，但我是要在任何時候都以殿下的安危為優先的人，畢竟這是我的工作。」

說著一句「還有，」鄭尙醞緊緊閉上雙眼，然後又再次將雙眼睜開，看起來是對於連這種事都要說明，而感到非常疲倦。

「幾天前，也就是猜測你不是金哲秀，而是真正的韓常環時……我很清楚地記得殿下當時驚慌又無力地癱坐在那裡的樣子。」

「我想你大概只要搖搖頭說你不是就行了，但是你不會知道殿下是以何種心情再次整頓自己情緒，也不知道他是以什麼樣的心情，下定決心要像之前一樣，溫柔慈祥地對待你。」

鄭尚醞嘖嘖地表示，雖然聽起來像是在出氣，但是抱歉的是他依然沒辦法對韓常環抱有好意。

韓常環不知如何是好地緊揪著長長的衣袖，李韓碩也曾那麼說過，李鹿會因為自己的關係而變得痛苦，他的身體會成為用來滿足那些要摧毀李鹿的人的道具，就算他想要脫離趙東製藥的魔掌，但是自己的存在對李鹿來說，有害而無利。

「那我該……我該怎麼做……」

韓常環仍為了不讓鄭尚醞覺得反感，而努力用著輕柔的聲音小聲說著。

其實被責罵，然後默默難過，本來就是他最擅長的事情。但是，問題是無論自己處於任何地方，自己的存在對李鹿來說似乎都無法成為幫助。

就算他乖乖地回到趙東製藥，一定也會為殿下添麻煩，就算想裝做什麼都不知道繼續待在他身邊，也只會連累他……

「這個嘛……你如果想證明你的清白與決心的話，方法應該就只有一個吧？你為什麼要說謊自稱為金哲秀？柳永殿的毒蟲到底是誰？還有趙東製藥究竟隱瞞了什麼祕密……你只要把這些事全向殿下坦白就行了。」

啊……每吞下一口口水，就莫名地有種反胃的感覺，那又苦又酸的液體有種逆流而上的感覺。

「還有，不要對殿下做出任何干涉或承諾，若他說要做什麼，不要頂嘴，就照他說的做，如果他說想去綾羅島，那就跟他去，如果他說要在這做愛，那就做。」

「他不是一名不明事理的人，等他盡興地玩樂一陣子之後，就會自動明白自己所抱持的情感並不是愛慕之情，而是憐憫之情了吧。」

也就是要韓常璟按照李鹿所願行事，但是不要向李鹿奢望任何事，等經歷幾次的歡愉後，殿下就會自然而然地對自己失去興趣……而到時候，自己只需要默默離開就行了……

雖然鄭尙醞以李鹿當作主詞，拐彎抹角好一大圈才說出了這些，但這些話的意思終究就是要韓常璟要有自知之明。

「對了，後天下午趙東製藥的韓會長會進連花宮。」

「啊……」

光是剛才連續聽下來的事情就夠令人打擊了……現在聽到的這個消息似乎將自己推上了崩潰的頂點。

一想起暫時忘卻的這個存在，脈搏就開始以無法與之前相比的速度劇烈跳動了起來。

「雖然他已經請求覲見李皇子，但聽說他也有請求要與他那個住在柳永殿的寶貝兒子單獨會面。」

「啊……這……這樣啊？」

這時韓常環覺得鄭尚醞不久前對自己的壓迫可說是值得感謝了，因為自己現在雖然板著一副像是玻璃被刮壞的難堪臉色，但至少鄭尚醞應該不會認為擺出臉色難堪的原因只是因為提及到韓代表。

「總之就是這樣。好了，現在就移動至廂房吧。」

鄭尚醞邁開步伐，並向韓常環伸出手，要韓常環小心別跌倒，扶著自己的手慢慢下來……雖然說話可怕了一點，但是他似乎是一名好人，對自己很親切，更別說是他那顆為了殿下好的心了……

「還有，我現在也還不知道你後天會扮演什麼樣的角色，因為你的用處為何，是由殿下來決定的。」

整齊擺滿各式各樣的肉片及水煮蛋、湯麵及菇類等等的食物的銅鍋倒入熱騰騰的湯汁。

這是一道只要天氣開始轉涼，人們就會常吃的料理，而平壤銅盤火鍋更是御膳房展演中不可缺少的品項。

新鮮的茼蒿和紅辣椒絲的苦辣香氣互相調和，四處便傳來讚嘆聲，當然，其中一半以上拿著像是天文望遠鏡的照相機的人，都是李鹿的粉絲。

「咦？李皇子殿下的廚藝有這麼好嗎？」

負責這場展演的主播看著擺放在桌上的料理，出聲調侃著。

「平壤銅盤火鍋雖然看似簡單，但是其實從肉類的去腥作業開始，到與其一同擺放的食材間的調和都要考慮到，這是一道非常麻煩的料理，但是殿下所準備的這道料理可說是一點瑕疵都沒有。但可惜的是，我們無法將這美味的香氣傳達給正在看直播的各位國民。」

「我明明回來沒多久，卻老是吹捧我，讓我開心得像是飛上天際了呢。」

李鹿忍住辱罵，淺淺地笑了笑。這些人真是鬧事，從十歲開始，料理的展演都是自己在負責的，連這種事情都不知道，卻還在那裡大驚小怪地假裝稱讚。

那名長得像紅斑蛇的主播，常常在皇室舉辦的展演活動或是賓禮活動中負責主持人的工作，而他更是以表明地排斥李鹿的無禮行為而聞名。

這次的御膳房展演蘊藏著各種意義，是原本皇室舉辦的眾多活動中，人們抱持高度關注的活動，而這也是李鹿在巡防過後的首次單獨正式行程。

之前他明明就跟景福宮那邊說過，除了那個主播之外，其他什麼人都可以。而他所接獲的消息也是會派其他人來擔任主持人……結果卻在活動當天看到那個人的臉，真是令人有夠不爽。

撇開李鹿憤怒且不悅的個人情緒不說，整個活動進行的順序可說是亂七八糟，攝影機不停地左右來回，這根本不像是在拍攝，而像是在運球。

提詞機旁的畫面上接二連三出現活動怎麼進行成這種樣子的辱罵言論，再這樣下去，入口網站上一定會出現各種新聞，批判李鹿過了這麼久，都無法好好整頓御膳房展演，顯得他非常無能。

「話說回來，這是殿下在退伍並結束巡防後的第一個正式行程。您至今尚未有什麼好消息嗎？若依照原本的規矩，住在柳永殿的那位，應該也要一同出席吧……」

主播的話都還沒說完，相機的閃光燈不停閃爍，一瞬間，展演場內部就像是閃電似的一片銀白，原本在記者席上無聊地用著筆電和手機的手便開始加快速度。

哇……那個該死的主播，現在連商討都不商討，就直接丟出那對李鹿來說最難堪的話題，雖然包含金內官在內的詩經院員工們的表情都不是很好，但是因為電視和網路上都正在直播，所以他們也無法介入制止。

「這個嘛……雖然我也希望能夠那樣，但是就如各位所知，還有很多需要協調的事情。」

「協調？我想這應該是指跟特殊體質有關的事吧？」

此刻能感受到的，就連只要是刺激性的話題，就會赴湯蹈火的記者們似乎也嚇得屏息凝神。

因為大多數的人都對於李鹿在沒有舉辦正式記者會的情況下就突然入伍，然後又悄悄歸來的他感到不滿，所以他們算是很樂於見到連花宮的一切爭論。

「不只是殿下，柳永殿的那位也是，不管怎麼說，兩位都有著許多與普通人相異的部分，想必會有相當大的苦衷吧？」

「嗯……這個嘛……」

李鹿一邊假裝擦拭盛有湯汁的電熱水壺瓶口，一邊垂下視線。

好險李鹿之前因為痛苦的巡防過程中，一直都有照相機跟著他，所以不論在任何情況之下，自己都能維持著如畫般的微笑。

雖然也有人跟連續好幾天都在光化門前示威的老人一樣，反對男性間的婚姻，但這是與國婚相關的爭論核心，必須尋找與這史無前例的同性配偶相符的基準。

但是這個人的說法，就像是在說，是不是因為特殊體質的關係而產生某種問題，而導致要事的延遲。

他完全不是以國營電視臺的老鳥主播該有的態度提問，想必他一定是受到某人的唆使。

雖然主播若無其事地丟出如此敏感的話題，確實會引發一些爭論，但是主播本人很明顯地就是認為，反正他被罵的話只要稍微忍一下就行了。

「這個嘛……要說是苦衷的話……因為按時服藥的關係，我們的生活就跟普通人沒兩樣，所以我也不是很清楚。但不只是我們，不論你去到何處，大家都是差不多的。」

「國婚之所以會被推遲，是因為為了制定特殊體質配偶的規範，所以各部門都還在處於討論階段，我自己也是真心希望事情可以盡早解決，並持續地努力著。」

「那殿下您沒有要親自出面的意思嗎？自從您發表婚訊之後，事情也延滯好長一段時間了。」

「那是因為，包含各部門在內，必須盡可能讓越多人理解，這件事才有意義吧？我擅自決定要這樣做、那樣做就來制定新的規範，並不是一件合法的行為。」

「多人的理解……確實如此呢。」

「總之，就如同我的婚姻是史無前例的案例，所以我打算吸收各種意見，制定一個穩固的制度。當然，這件事確實是不能再繼續延遲了，所以我也正打算加快腳步。」

當李鹿提及到合法性，那眼中火力全開的主播也稍微卻步，看來是因為，他覺得這個打從一開始就不是為了採訪而舉辦的場合，現在的時間也已經不夠了，要是再繼續下去的話，事情或許會變得難以收拾。

金內官轉過半邊的身體，似乎正在和某人通話，如果不是春秋館的員工，應該就是鄭尚醞吧？

儘管他遮著嘴巴，還是能感受到他的急躁與煩躁，搞得李鹿差點忘記目前的情況，直接笑了出來。

李鹿朝畫面輕瞥一眼，好險直播的聊天室窗正被辱罵主播的回覆塞滿了。

例如多拍攝點食物的畫面啊，為什麼要問那種沒用的問題？對特殊體質持有者提出如此敏感的話題，算得上什麼禮儀？不好好進行活動，說那什麼無厘頭的話……

但是，不論人們指責了什麼，那個主播也會在自己所屬的派系得到安慰，以後他也還是會這麼做，就如同他至今所做的一樣。

「那麼柳永殿的那位，之前有代替您管理連花宮嗎？」

「這怎麼可能。不過在我不在的期間，聽說他學習了有關皇室規範以及我們國家文化資產的各項事務。」

「啊啊，原來是很認真在學習啊。」

這話的目的終究是在指責，殿下的訂婚對象這兩年來並不是在管理宮殿，而是以學習為由，在耗損連花宮的經費，簡單來說，就是拐彎抹角地貶低他人。

幾名記者起身抓住詩經院的員工，表示活動不能就這樣結束，若能有一段現場提問環節，對殿下也會比較好……

總之，他們一來一往地說著這樣的話。

瞧他們完全沒有想放低聲量的意思來看，就代表這話也是想讓李鹿本人聽見，同時也是在給予李鹿壓力。

表示你若懂得察言觀色，那就先主動表示要讓記者問答。

李鹿在撕得薄薄的里肌肉上，放上了涮得剛好的平寬比目魚肉，並小心翼翼地用兩撮塗上醬油的韭菜將其捆住收尾。

雖然氣氛散漫到就連守著位子的粉絲們似乎也不安地瞥向記者席，但他還是打算裝作沒聽見。

儘管是規模再怎麼小的活動，只要是皇室舉辦的，就一定會進行幾次的彩排，劇本當然也會經歷多次的修正與確認直至令人厭煩的程度。

並不是因為李鹿身分地位崇高，才向電視臺要求特別待遇，而是因為這可是打著國家的名號，以國旗和木槿花為背景，會播送至世界各國的影像，所以不論是皇室或是電視臺……全部都會用盡心血努力準備。

儘管如此，局面還是變得如此混亂……果然是因為他們都當李鹿好欺負。

「不過明天……不……應該說是後天，後天我接受了覲見。」

「覲見？」

「沒錯，就像我剛才所說的，為了加快速度解決國婚的問題，我決定跟趙東製藥的韓會長進行各項討論。」

「啊啊……」

一提及趙東製藥，主播的反應就瞬間變得溫和，他那明顯想避開棘手話題的樣子真是可笑。

「對了，聽說有些人喜歡在魚餃上面淋上湯汁再吃。」

「雖然我還是最喜歡直接吃，不過確實也有很多人會像你說的那樣吃。」

真是的，聽到趙東製藥，主播馬上轉移話題。

本來李鹿還以為主播突發言論的背後，是因為有著飽受慢性憂鬱症所苦、心胸狹窄的哥哥介入其中……但是從他現在如此直接的反應來看，這小子……似乎也從韓會長那裡得到了什麼。

「那麼殿下，這魚餃……」

「啊，我們本來是在聊國婚的事吧？總之呢……我打算在後天覲見的時候，也跟韓會長聊聊特殊體質事業的相關支援與話題。」

「啊……是……」

李鹿打斷對方的話，主播便板著一副不情願的表情點了點頭。

很好，既然事情都變成這樣了，那就讓他吃點苦頭吧，若之後有人前來與自己追究，他只要找一個藉口，說他因為太久沒有經歷這樣的對談，這才有點生疏就行了。

因為李鹿很久沒使用因為年紀還小不懂事的藉口了。

在這個理由還有效的時候，他稍微隨心所欲一點，似乎也沒有關係。

反正等直播結束後，責怪李鹿的新聞一定會滿天飛，既然如此，現在也該讓人們開始產生自己其實並沒有那麼好欺負的印象。

「只要是大韓民國的國民，每年都一定要接受體質檢查，而據我所知，這費用對很多人來說是一筆不小的費用，再加上不論是Alpha或是Omega，特殊體質的持有者到死之前，都必須服用相關藥物，但是這部分至今仍然沒有納入保險吧？」

「啊啊，我也這麼聽說過。」

「朴東俊記者每年也有接受體質檢查嗎？」

「那當然，畢竟這是義務。」

「從近期國外的案例來看，也有不少人在過了花甲之年後，這才發現自己擁有著特殊體質，意思就是朴東俊記者也有可能會在某天，突然收到一封信表示你其實是一名特殊體質的擁有者呢。」

李鹿梨鹿利鹿 — 哇，對我來說，李鹿殿下就是唯一的Alpha，所以我至今爲止都沒有過其他想法，但朴東俊那張臉不論是Alpha還是Omega，感覺都會超討人厭……

聖恩浩蕩 — 沒錯，檢查是義務，但是費用卻貴到令人懷疑。

李鹿超帥 — 說眞的，只有我們國家的特殊體質人口這麼少，你們不覺得奇怪嗎？我不相信檢查結果。

LOVELOVE — 我聽說因爲藥很貴，所以會故意診斷爲陰性。

AAA — 我有認識Omega，說眞的，他們其實和一般人幾乎沒兩樣，雖然因爲時間一到就得吃藥，所以看起來也挺麻煩的。

花落紛飛 — 我們不能違背天空與大自然的法則，跟同樣有著老二的傢伙、要結婚……檀君……一定相當，痛惜！

李鹿雖然在看了聊天室窗的留言內容後，差點就要笑出聲音，但這樣一切的挑釁很明顯地都會化為烏有，所以只能努力忍下來。

在李鹿咬著臉頰內側的肉努力忍耐後，卻因為失去知覺而弄不清自己現在是否有將表情管理好。

「主播先生如此關心特殊體質的事情，甚至積極提出問題，真是感激不盡。」

「我……我有做什麼嗎？」

「若是您今天沒有提起，我似乎就不會有這個機會能如此自然地談論特殊體質的話題，希望以後也能在很多地方，聊聊有關Alpha或Omega的話題。」

「例如全國國民要對特殊體質熟悉一點，還有也能夠再稍微更好一點的環境之下接受檢查、取得藥物。」

看著播出的觀眾們突然開始討論起過去的某一天突然振作起來的趙東製藥。本來對他們有很壞的印象，是覺得他們是一個闖過很多禍的企業，但是在小兒子出生後卻有著相當大的改變，甚至也充滿許多期待，表示希望在這次的覲見後能傳來更多的好消息。

雖然目前還沒有辦法像那些政界的巨頭一樣，流暢地引領話題的進行，又或是技巧性地拐彎抹角……但是面對這突如其來的狀況，李鹿仍覺得自己的防守算是做得還不錯，反正那些塞錢給主播的人，應該是沒料想到李鹿會回嘴到這種地步。

雖然李鹿的內心暗爽著自己成功地讓那個挑釁他的主播閉上嘴巴，但是最令人感到痛快的是，現在形成了在覲見之後，韓會長不得不做出捐獻又或是藥物支援的氛圍了。

「是，謝謝您這麼說，希望後續也能聽到許多好消息，話說現在似乎已經來到展演的最後階段了，殿下。」

「就是說呢，我這次要向各位介紹的是平壞式的麥芽餅，這是發酵煎餅的平壞方言。」

李鹿將放置於流理臺邊緣的沉重餐盒拉向自己，那是用小火煎過以麥芽發酵過的糯米粉，並抹上糖稀的平壞式麥芽餅。

這是今天展演上的最後一道料理，李鹿一瞥瞄去，主播的心情似乎不怎麼好，那過去自認為好欺負的年輕小夥子竟然如此刻薄地回嘴，搞得他似乎在煩惱到底該怎麼接受這件事似的。

「這麥芽餅與其他糕類相比，雖然看起來比較平凡與簡樸，但是因為有種好似滿月的感覺……」

感覺像是讓紅斑蛇吃了一記悶棍的李鹿，努力克制自己雀躍的心情，其實這並不是應該要開心的事，是因為對方原先就過於鬆懈，所以他才能僥倖獲得反擊的機會罷了。

但是這樣的小伎倆日後是不可能管用了，既然知道只要攻擊就會遭受到反擊，那麼從下次開始，對方肯定會抱著要還以顏色的心態死命地往前撲吧？

但是……反正覆水難收，嗯……就算以年輕為由，繼續走這種果斷發言的路線，以後似乎也還是要投出更確實的誘餌。

想貶低李鹿的人方法多的是，不過自己所能做的就是空口說白話罷了，雖然他都提及趙東製藥了，搞不好能撐個一陣子……

但果然還是要加快與廣惠院之間的合作才行，至少若能確實地讓如此龐大規模的機關站在自己這裡，應該能讓想靠攏自己的人變多吧？

而這畢竟也不是李鹿在做春秋大夢。光是能讓人們對他的評價變好，那也就足夠了。李鹿也不是希望太子廢位，更不是希望自己能坐上更高的位子，他希望的只是人們不再以Alpha為由，對自己抱持著偏見，並且能作為李皇子，堂堂正正地盡到本人的職責……這就是他所期望的一切。

「啊，這時候把它翻個面……然後在它還很燙的時候泡進糖稀裡就行了，接著，將它拿出來後……」

在一陣繁忙後稍稍抬起頭，遠處的金內官舉起手來比了個叉叉，他的表情難看到就連站在這麼遠的地方都能清晰可見，想必是因為不久前的談話，景福宮可能馬上又要斥責李鹿了。

「好，像這樣都把糖稀塗抹好後，再堆疊進小罐子裡就行了，要不要再多煎一盤呢？」

李鹿慎重地將揉得圓圓的糯米麵團放上烤盤，然後在不自覺之下，舔了舔沾附在指尖上的糖稀，此舉一出，搞得閃光燈接連不斷地閃爍著。

「呃……」

當李鹿尷尬地用手背摀住嘴巴，這次的閃光燈更是大到令人難以睜眼。

「來來，各位，之後還會有拍照時間，希望各位可以先把展演看完。」

「沙啦啦」好似粗砂飛揚的聲音四處響起，快門聲不厭其煩地繼續響著，搞得在場最不想幫李鹿忙的主播，甚至都主動站出來制止記者們。

真是的……不久前提及趙東製藥的時候，都還沒有這麼誇張，他們一定是因為知道這種照片的預覽數會更高，才會如此認真拍照吧？

李鹿在流理臺邊緣輕輕地抹了抹被糖稀沾黏的指尖，但是手上黏稠的感覺似乎仍揮之不去，那依附在嘴裡、難以抹滅的簡單甜味……雖然在這種情況下有點突然，但是再次煎起麵團的李鹿似乎在糖稀的甜美中，想起了韓常瑮。

韓常瑮坐在床上，前後大力地晃動著雙腿，感覺就像是個用腳踢水的孩子一樣。

自己正坐著的地方正面看得見一個巨大的窗戶，開窗後看到的景色感覺就像相框中看見的畫一樣，難道這也是刻意設計的嗎？

原木窗外層層垂下的樹木與稍微露出的屋簷，就像是山水畫中的一個場面在眼前擴展開來，原來綠色可以是個如此豐富的色彩啊……若是下了雪，那景觀想必會更加壯觀吧？若是開了花，又會有多麼美麗呢……

「一直看著看著，也不會覺得膩呢……」

自己那呆愣的嘀咕聲似乎有點陌生，另一方面，這種粗糙又混濁的嗓音，似乎也很像現在狼狽的自己。

韓常璟今天只是不停地望著窗外的風景，除了午餐及晚餐時間鄭尚醞送食物來的時候，其他時間他都呆呆地坐在那裡。

雖然當時是要他有自知之明，並沒有強求他要表現得像是死人一樣，但是他的心還是煩躁到哪裡都不想去。

反正活動半徑都被限制了……而且韓常璟也很害怕若是碰到那些來來往往的人，那他該怎麼辦？

正清殿裡，到底有多少人知道自己的真實身分呢？能確定的是鄭尚醞和金內官……申尚宮是不是也知道呢？

如果知道的話，那她該有多討厭自己呢……那些看似不覺得怎樣的人，想必一定也在心裡對自己指指點點。

皇子殿下親手為他做飯、還為他準備讀書要用的書，但他卻是一名騙人精，自己明明就是韓常瑮，卻還是厚顏無恥地說著謊話的理由到底為何？

——聽說他是趙東製藥派來的間諜。

「呃嗯……」

那些未經證實的話語，不停地折磨著韓常瑮，明明就沒有人那樣指責過他，但是在他的腦海中，他能想像得到的最難聽的指責，卻早已像弓箭一樣朝他萬箭穿心。

而想像最殘忍的地方就是，當事人已經無力招架，但是那些衝向心臟的爆擊仍不停歇。

韓常瑮緊緊揪住自己煩悶的心，雖然考慮到親自為他送飯到廂房的鄭尚醞的誠意，仍然硬是吃下餐點，但最後卻無法吞嚥地全吐了出來。

儘管如此，滿腹脹氣的肚子還是不見好轉的跡象，像是用針刺向五臟六腑的不適刺痛感，也一直沒有要停下的意思。

若用手摀住嘴巴並嘗試憋氣的話，似乎會覺得好過一點，但是那也只是短暫的好轉罷了。

「該怎麼說……該怎麼告訴殿下……」

好似在玩翻花繩一樣，韓常瑮做著毫無意義的手部動作，最終還是沒能找到答案，便直接往後倒下。

他想為李鹿做盡一切的心是真的，如果有方法可以幫助李鹿，自己當然會樂意幫助，而且也想實現李鹿那個……希望自己可以不要再說謊的願望。

但是……儘管只是要做練習，嘴巴卻還是打不開。

我不是韓代表的兒子，只是因為被誤認為Omega才被趙東製藥買下，但結果他們在我身上沒有看到任何反應，我只是一個失敗的實驗體罷了。

雖然韓代表對外宣稱自己的小兒子叫做韓常瑮，而且還是個Omega……但其實是真正的韓常瑮，也就是我……至今為止都被關在趙東製藥的實驗室內，用我的全身進行各種新藥的開發計畫，這就是我人生的一切。

雖然在心裡將臺詞完美地成功簡要統整，而明明這裡也沒有人在看……但韓常瑮還是發不出任何聲音，想著若是無法說出口，那用寫的會不會好一點，所以便舉起了手，在墊褥上像是要練習似地試圖寫字……但結果也不盡人意。

不能將這件事洩漏給任何人，如果有人察覺你的身體很奇怪，並且問你理由的話，就告訴對方是韓代表救了原本作為男娼生活的你，不論找任何藉口都好，絕對不可以說出你所經歷過的事情……這是韓常瑮在入宮之前，每天、每小時、每分鐘所聽到的警告。

因為這些話早已聽到耳朵長繭，所以韓常瑮當時並不以為意，那種感覺就像是在進行實驗前，研究員們無趣地說著有關副作用的注意事項一樣，只是個習慣性的臺詞，而不是真正有意義的話……

但是到了一切都有可能會公諸於世的瞬間，那些日常臺詞卻成了威力大到無法想像的枷鎖，堵住了韓常瑮的嘴。

李鹿說等今天的行程結束之後，有話想跟自己商量，而且韓代表後天就要進宮了，根本就沒有時間可以練習這遲鈍的舌頭。

可以的，只要殿下希望，哪怕只有一點也好，就試著說出口吧……雖然在心中如此下定了決心……但其實韓常瑮的內心深處，卻有個認為自己一輩子都這樣被洗腦了，現在哪有什麼是自己做得到的，然後放棄一切的自己。

「韓常瑮。」

「是？」

眼睛盯著雕在床上的陰刻的韓常瑮突然起了身。

雖然在無意識之中，已經用充滿活力的嗓音回應了……但是在那之後卻什麼也沒聽見。

「真奇怪……」

聽錯了嗎？是因為今天一整天都在想像別人在辱罵自己嗎？

「呃呃，不不不……」

韓常瑮左右歪著頭，慢慢地搖了搖頭，這確實和想像不同，要說是搞錯了，但是剛才明明很清楚地聽見了殿下的聲音啊……

他環顧四周，板著恐懼的表情，靜靜地望向門。

過去曾有幾個信號，是代表著李鹿馬上就會出現的訊息。像是啪噠啪噠走在走廊上的腳步聲，或是保持著一定間隔的拉門依序開啟的聲音……然後是在隨便拉開門後，才燦笑著詢問自己能否進去的嗓音，應該會有這樣的順序才對。

「……殿下？」

「我在這裡，韓常環。」

正當韓常環還在小聲嘀咕自己是不是有幻聽的同時，那好似在等在對方再次呼喊自己的熟悉人影，便突然出現在窗外。

「呃！殿、殿下？您怎麼會在那裡……」

受到驚嚇的韓常環身體不自主地跳了一下。

「抱歉，嚇到你了嗎？」

「沒、沒有。」

雖然嘴上是那麼回答，但其實屁股真的差點就要大力地摔到地上了，韓常環尷尬地紅了耳朵。

不，要是在這往後摔的話，頭搞不好會大力撞向那硬邦邦的床，然後就會被抬出去。能用稍微有點難堪的樣子就結束這件事，真是太好了。

「你真的沒事？」

「是，我沒……事，我沒有摔倒。」

前天和昨天，連續兩天為了接受李鹿的身體而辛苦的各處肌肉都相當痠痛，雖然坐著的時候還沒感覺，但是像這樣突然大動作地移動後，身體沒有一處是不痛的，但是這畢竟還是無法告訴當事人，所以也只能點頭說著自己沒事。

「但是殿下，您怎麼會在這……」

「噓！」

李鹿表示要是現在被鄭尙醞發現的話，他可能真的會殺了自己，一邊將食指輕靠在韓常璟的嘴邊。

「你可以先把這個拿過去嗎？」

他所遞過來的東西，是韓常璟必須用兩隻手抱住，才能好不容易拿起的沉重包袱，也許是因為裡面裝著瓶罐類的東西，每動一步，裡面就會發出喀啦喀啦相撞的聲響。

「謝謝。」

當韓常璟慎重地抱著包袱，並稍稍往後退，李鹿便環顧四周，並用雙手抵住窗框，而韓常璟也跟著緊張地環顧附近，儘管這麼做也不會有任何東西映入眼簾。

「嘿咻。」

高大的身體輕盈地一躍，便像是羽毛般地坐落在窗邊。

「哇……」

瞬間忘記對方要自己保持安靜，韓常瑮不自覺地發出讚嘆聲，本來還想著殿下該不會要從窗戶進來吧？沒想到居然是真的。

李鹿脫下鞋子，並將鞋子放在窗框，然後安靜地跳下地板，那輕巧的動作讓人感覺他就像個巨型的貓科動物。

殿下怎麼那麼會越牆？越窗？總之……他怎麼連這種事情都如此擅長呢？

韓常瑮想起李鹿之前抱怨過皇室成員得擅長各種事，像這樣既敏捷又優雅的身體動作，也是辛苦練習中的一環嗎？

這麼一想，就感覺這件事好像不是件可以感嘆的事，甚至覺得認為他這會令人覺得不妥的行為很帥氣，且看到入迷的自己真像是一個笨蛋。

「今天有個跟料理有關的活動，我在那裡說了一些狠話。」

「狠……狠話，呃，說了狠話？您嗎？」

「嗯，所以我馬上就被叫去首爾痛罵一頓。」

李鹿指著包袱表示，因為他太生氣了，所以就包了一堆景福宮的東西回來。

韓常瑮稍微偷看一下裡面，被仔細綑綁的包袱裡面，似乎裝著像瓶子的東西，這也是酒嗎？

「他們罵得很凶嗎？」

「嗯……一點？」

到底是在說他們罵得有一點凶？還是只有罵一點……雖然這話很模糊，但總之聽到別人說了不好的話，心情怎麼可能會好，而且從他這麼迅速就趕往首爾來看，想必他應該是搭直升機或是飛機過去吧？

「那您應該很累了吧？」

「這是常有的事，沒關係。你呢？你今天做了什麼？」

李鹿接過了包袱，並坐在床上。

「哇……」

自己坐上去的時候，雙腳都在空中踢呢……但是他的腳踝儘管交叉相跨，也還是能碰到地板，他的腿怎麼會……

「好、好長……」

「嗯？」

「沒、沒什麼，我……我只是……一直在房間睡覺。」

「是喔？看來累的不是我，而是你呢。」

李鹿一副無趣地笑了笑，並按下床頭上那不知究竟為何的東西上所裝置的按鈕。沿著床頭，亮起淡淡的照明，輕飄飄的白色窗簾從天花板上，像是下雪似地覆蓋起來。啊，本來還不知道這是拿來幹麼的……原來是拿來開燈和開關窗簾的啊……

「對了，你應該大致從鄭尚醞那裡聽過了吧？趙東製藥後天會來見我。」

沒想到李鹿會突然提起這麼令人反感的話題，韓常環尷尬地點了點頭，那感覺就像是少了潤滑油的機器人，發出了嘎咿嘎咿的聲響。

「不過，他不會跟你碰到面的，就算韓會長要求要與你見面，柳永殿也絕對不會讓他跟你見面……」

「那……」

「趙東製藥到現在也不太清楚，我為什麼要將你另外放在身邊，嗯……雖然他們一定早就接到連花宮裡的間諜所提供的線報，但親自確認又是另一回事。」

李鹿翻了翻包袱，拿出比從大拇指到中指的距離，還稍微長一點的玻璃瓶，瓶上沒有名字，而瓶子的樣貌長得也不特別，看來他真的是偷偷將還在釀造中的酒帶了過來。

李鹿轉開瓶蓋，甜美又清涼的香氣撲鼻而來。韓常環想，那是水果酒嗎？

「呼……現在終於好多了。」

李鹿大口飲下幾口，用手背抹了抹嘴角，並想著剛才話題聊到了哪裡。

「嗯……我們剛才聊到哪了？」

他抬起下巴，頭部稍稍傾斜的側面，高挺的鼻梁和自下巴到喉結的漂亮輪廓與長長的睫毛……都像圖畫般美麗。

韓常瑮突然想起剛入宮時曾看過的說明手冊，內容顯示宮殿裡的家具和裝飾品，全都有著它們的意義，因此在動作及使用時，都需要特別小心，其中還有一個令人印象深刻的屏風介紹。

那叫什麼名字來著？一……五……呃嗯，記得是包含著數字的名字，總之，雖然想不太起來了……但卻有著當帝王站在這個屏風前，這幅畫才算是得以完成的奧妙意義。

雖然這句話讓其他人聽見，可能就會大事不妙。不過這對韓常瑮來說，李鹿才是那樣的存在，而不是陛下。

他是一切事物的開端，也是將事情完美收尾的拼圖中，所需的最後一塊，這美麗的連花宮，或是剛才映入眼簾的窗外景色……似乎全都要有李鹿的存在，才能稱得上是完整。

「啊，韓會長，總之那個人現在一定也在考量許多事情，感覺應該不會把你當作議論問題的對象。」

「是嗎？」

「更重要的是，因為還有柳永殿那個瘋子所犯下的大型事件在先，所以他應該會從那件事開始收拾起……不過與韓會長之間的較勁，今天也不會是最後一次。」

「所以……為了應對韓會長那無法預測的再訪，我似乎需要取得你的幫助。」

「啊……」

如果直接問你知道多少趙東製藥的機密，在自己的能力範圍內有多少能回答的？如果不想回答，那又是為什麼要隱瞞？如果需要多一點時間的話，要給多少時間才行……這種方式，韓常瓌似乎還比較能夠反應。

連一點妥協的時間都沒有，李鹿就這樣話鋒一轉，如此溫柔地問出問題，韓常瓌卻遲遲無法開口，無法如實以告的行為，感覺就像是在背叛李鹿病態般的溫柔。

「雖然有很多好奇的部分，不過我最想知道的就是這兩件事。首先，若你是真正的韓常瓌，那柳永殿的那隻毒蟲為什麼要借用你的名字，裝作韓常瓌呢？」

李鹿完全不給韓常瓌說任何話的機會，像是逼迫似地繼續說著自己的疑問。

「還有另一件事情就是……你的身體。」

「我、我的身體？」

「對，我之前應該也有提過幾次，你的身體有種人工Omega的感覺。」

「啊……」

韓常瓌全身僵硬地將視線固定在地板上，也不知道到底有多緊張，整個身體的神經，似乎都能感受到時間分分秒秒流逝的感覺。

殿下說他只有兩件事想問，但是光是關於那兩個問題的答覆，就足以讓他猜測出圍繞在自己人生的一切怪事的背後，究竟是怎麼回事。

因為一個一個細問，只會讓對方感到有壓力，所以他似乎為了確保自己好奇的最大值，而強調只問兩個問題。

這真還是一個不錯的方式，既溫柔、又有效率……

「嗯？你為什麼要緊咬著嘴唇？」

李鹿那巨大的雙手包覆起低垂的下巴，並輕輕地將下巴抬起。

「都已經瘀血了。」

李鹿調皮地揉了揉那緊閉的雙唇。

「我不是要向你追究，你不需要緊張。」

他那遠去的手上散發著奇妙的香味。

木頭味、蜂蜜味、常用的香水味，還有一點點的菸味……從小看書的時候，一定會看到一部分是在碎念那些抽菸的人身上會有菸味。

雖然曾努力想像過那會是什麼味道，但是韓常瑮所知道的味道中，最令人作嘔的味道大概就是會刺激大腦的濃烈消毒藥和軟膏的味道。

他這輩子從沒看過香菸，也沒出過別墅，在入宮之後也沒有去吸菸區的機會，所以自己當然沒聞過香菸味。

因此，韓常瑮一直都很好奇香菸的味道……不過在實際聞到之後，卻發現那味道似乎不像書上寫的這麼差。

呃嗯……也許是因為這不是在便利商店或超級市場所販售的產品，是將菸草塞入巨大的菸斗後燃燒，所以味道才會不一樣？

可能真的是那樣……稍微有點辣又有點甜美，尾韻的部分還有種清涼的感覺，如果硬是要拿什麼來比喻的話，那氣味就像是在濃縮與李鹿相遇後所經歷的一切事物的味道。

「那個……殿下。」

「嗯。」

「我的身體……真的有那麼奇怪嗎？」

看著李鹿那端莊的指尖，韓常瑮的話就這樣脫了出口。

直到句尾的上揚聲出現後，韓常瑮這才意識到剛才說話的人是自己。

呃呃，想著自己是不是不該問，並緊緊閉上雙眼後再次將眼睛睜開，自己沒有回答殿下的問題就算了，居然還說了沒用的廢話。

「嗯……就算我是一名不太清楚特殊體質的事情的人好了，我想我還是會認為你的身體的哪裡有些奇怪。」

好險的是，李鹿的心情似乎沒有被破壞，反而看起來很高興自己起碼有說些什麼。

「所以，在和你發生關係的時候，很難不察覺你的身體有點奇怪。」

「是因為……因為我太……太簡單了嗎？」

「……嗯？你說什麼？」

「那個……因為我……有點太過度、喜、喜……喜歡……那個。」

「那個？」

「性、性……性愛……」

李鹿那緊盯著自己的視線一如往常，但是因為他這次別於以往，保持著沉默。

韓常環見狀，便鼓起勇氣，輕輕地瞥向李鹿……而他正板著一副與先前相異的嚴肅表情。

「哈……這到底……」

李鹿那帥氣的眉毛透露出複雜的心思，眉間更是輕輕地反覆皺起。嗯……正確來說……他現在似乎覺得韓常環非常可憐。

「首先，韓常環，我非常喜歡你那過度有感、也很喜歡那種事的身體，雖然我也只跟你一起度過兩晚。」

「喔喔……」

「過度有感……其實這種說法也有點奇怪……總之，你把自己很容易有感覺的事情，說成自己是一個很簡單的人，我聽了覺得很難過。」

李鹿也許是要安撫那焦慮的心，便將手上的酒像是喝水似地大口飲下。

「你若一直用若無其事地表情說著那種話，我就會覺得那些傢伙……在你在趙東製藥的時候，都是以那種方式欺負你、壓迫你。」

韓常瑮默默不語，只是盯著李鹿那爆出青筋的手背。好險他手裡的是玻璃瓶，如果是塑膠或是紙做的話，那應該早就被他捏碎了吧……

「我會說奇怪，是因為你的身體出現了以常識來說，不可能會有的反應，就是……一般來說，男人的後面是不會溼的。」

「啊……是、是嗎？呃，我是說，對，沒錯……」

「而且那不管怎麼看，那應該都是愛液吧……再加上我第一次遇到你的時候，就有一種……一直有種被刺激神經的感覺……所以我才會說奇怪。」

李鹿將空瓶放在床頭櫃，焦躁地翻找包袱裡的東西，拿出了另一種樣貌的瓶子。

「總之，你以後別再那麼說了。」

「嗒」的一聲，瓶蓋伴隨著一聲清脆的聲響被打了開來，這回散發出來的是與之前相異的刺鼻味。

「在發生關係的途中，若是因為興奮或是為了興奮而說那種話那就算了，但是絕對不要在出於貶低自己的意圖下說那種話，什麼輕易有感的身體很奇怪……這是什麼話嘛！」

明明那句話是向自己而來的，但是李鹿卻表現出一副自己也受傷的模樣。

韓常瑮大大地嚥了嚥口水，有一種喉嚨莫名乾澀的感覺，就像他如果一腳踩下去，就會發出啪沙啪沙的落葉聲響。

「萬一你又說出了那種話……嗯……該怎麼辦才好呢？」

鄭尚醞說李鹿心裡生病的話似乎也是對的，自己明明就是一個比落葉還不如的存在，而要這個在各處被傷得遍體鱗傷的垃圾不要受傷，甚至給予安慰人，似乎是真的不正常，但是……

「這次就換你負責划船去山月閣。」

「哈哈。」

雖然話說得很嚴肅，但是懲罰的內容實在是太微不足道了，搞得韓常瑮不自覺地笑了出來，接著嘴角並開始顫抖，那下垂的睫毛也開始凝結著水氣。

「呃……你怎麼突然哭了？」

沒錯，殿下的溫柔確實是一種病，遲早有一天會擴散於血管，並將心臟撕碎的一種毒。

「是不是我太……太強求你了？」

雖然韓常璟想告訴他不是，但最終還是只發出在抽泣之中，夾帶好似傻瓜的嗚嗚聲響。

韓常璟一邊慢慢地搖著頭，一邊握緊拳頭，在大腿和膝蓋反覆敲了幾次，緊張的呼吸才好不容易平靜下來，雖然臉上依然被淚水摧殘得亂七八糟，但是現在似乎能說出比之前還要完整的句子了。

「……殿下。」

「嗯。」

「您剛才問我的問題……我全部……都很想回答您。」

「……嗯。」

「但是我現在……真的什麼話……也說不出來。」

「這、這絕對也不是在說謊……也不是在耍您，只是我……我長久以來都是這樣過活的。」

「對不起，其實雖然我、我今天一直……都在練習，但、但還是不太行……」

韓代表決定讓韓常璟入宮之後，從未擔心過任何事情會因此發生。因為就算沒有人監視，自己那如傻瓜般的嘴，也不知道該如何把祕密洩漏出去……

而在入宮的前一天，韓代表對自己的叮嚀也和平常沒兩樣，就是要自己小心別亂說話。

韓代表大概也沒想過，自己有一天會叮嚀韓常瑮不可以喝酒吧，若是沒有李鹿，韓常瑮是不可能會知道那些平凡的事情，和與自己完全相反的另一個世界……

「韓常瑮。」

「……是。」

「但你還是很想說出……你在趙東製藥所經歷過的事吧？」

每當韓常瑮點一次頭，巨大的淚水就啪啪落下，他知道李鹿正對著那無謂的期待而感到興奮，但就算是那個要自己別貶低自己的李鹿，要是知道了自己的身體所經歷過的一切，也許就會以不同的眼光看待自己。

但是……儘管如此……

韓常瑮還是想再向前一步，雖然曾是個充滿謊言的人生，但是此刻的自己卻急迫地想將所謂的真心傳達給李鹿……

「既然如此，那你……會不會想要接受檢查？」

「檢……查？」

「其實我正在猜測趙東製藥似乎對你做了什麼奇怪的事情。不論內幕為何，在經歷各種檢查之後，如果你想要的話，我想幫助你進行治療，還好最近我們跟廣惠院有頻繁地接觸，也許這件事他們也能幫上忙。」

李鹿再次強調「如果你想要的話」。

「請問……如果接受檢查……」

「嗯。」

「那是不是就算我無法繼續開口，還是能夠幫助到您？」

反正鄭尚醞似乎也說過，等殿下回來之後，也有關於廣惠院的事情要商量，所以只要有機會的話……自己會做好覺悟並說出真相。

但這次李鹿卻緊咬著下唇，迴避起韓常瑮的視線。

因為他似乎明白那其中的意義，直到之前還在流淚的韓常瑮便嘿嘿地笑了，這如此溫柔、堅強，又美麗的……殿下。

「如果您的目的是為了幫我治療……那不需要。」

不論是任何厲害的機關，又或是企劃實驗的趙東製藥，也不知道該怎麼將自己的身體變回正常狀態，韓常瑮可不想讓殿下因為沒有意義的事情而感到疲倦。

「反正廣惠院能做的就是特殊體質的反應檢查，不然頂多就是血液檢查或體液檢查吧……那種檢查其實沒有什麼太大的意義，若是進行ＭＲＩ或ＣＴ檢查，則是更不可能得到任何結果。」

李鹿緊盯著韓常瑮，然後默默地喝下酒。

「韓常琛，你說過你沒上過學吧？」

「是。」

「第一次喝酒也是跟我喝，第一次吃消夜也是跟我吃。」

韓常琛點點頭，畢竟這並不是謊言，是自己可以理直氣壯承認的事情。

但是李鹿卻更是用著像是在說那才不重要的神情，長嘆一口氣，那口氣就像不久前，他……不，是申尚宮才對，就像申尚宮買給自己的書裡寫的，那好似能將地板擊碎、焦慮般的長嘆。

「那樣的人對於各項檢查的種類瞭若指掌……讓人聽了很難受呢。」

也許是因為李鹿對此感到煩悶，打算將剩下的酒一飲而盡，直到玻璃瓶傾斜至垂直狀態後才停下了動作，瓶內盛裝的液體從瓶口滑至了底部，隨著那不快不慢的水……酒的波動聲，漂亮的眉毛不悅地顫動起來，感覺像在說自己鬱悶到若是再喝下去，那就真的會醉。

「呃……當、當然，這只是我的想法，殿下您完全不需要在意，我只是……」

為了安慰鬱悶的李鹿，韓常琛結結巴巴地開口。

李鹿只是靜靜地聽著，那溼潤的雙唇緩緩離開瓶口，發出了輕盈的彈響聲。

啊，雖然現在不是想這種事情的時候，但那種感覺就像是米粒般的糖果啵啵炸開的聲音，因為覺得他那翹起的下唇相當可愛，韓常琛根本忘了不久前自己還處於什麼情況，便嗤嗤笑了起來。

「真是的，怎麼又突然笑了起來？」

李鹿瞇起了眼睛，問韓常瑮知不知道這樣又哭又笑的會怎麼樣，看到那淘氣的表情，韓常瑮的心情也跟著好了起來。

「會怎麼樣？」

擤了擤因為哭泣而泛紅的鼻尖並發出疑問，李鹿卻像是在說別說了似地揮了揮手。

「……沒什麼，是我不對，這話題等之後再說。總之，你的意思是不需要接受檢查，對吧？」

「啊，雖然話是那麼說……」

「呃嗯……我知道你已經熟悉各項檢查了。」

李鹿一邊問著「儘管如此，要不要接受一次檢查看看」，一邊將解開的包袱再次打結，那結緊到令人不禁懷疑，若是要再次將包袱打開，是不是只能用剪刀剪了？

「雖然我是Alpha，但是這也不代表我熟知關於特殊體質的一切，而我認為這一點，趙東製藥也是差不多的，畢竟那些人並不是專家，也不是造物主，也許因為只把焦點放在某些特定部分，反而會產生疏漏……所以，那些擁有普通醫學知識的人，也許是真的能夠為你帶來幫助。」

李鹿不自覺地擦著韓常瓅臉上及下巴的淚水，一邊問著對方不是只和那些抱有特殊目的的人來往，從沒和只專注於健全的身體與健康的人來往過嗎？

「這樣啊……那就那麼辦吧，我……我要接受檢查。」

韓常瓅也只是在懷疑這麼做是否真的有意義罷了，打從一開始他就沒有想拒絕李鹿的意思。

在韓常瓅溫順地做出了回答後，李鹿便一副慶幸似的微微地連續點著頭。

韓常瓅看著李鹿望著自己的視線既甜美又溫暖，明明他一滴酒都沒喝，卻使得他的臉頰也變得炙熱起來。

「只是待在廂房裡，你應該很無聊吧？」

「與其說是無聊……」

「我正好打算要出一點作業給你呢，我會幫你決定明天要讀的分量，不過你不需要背得滾瓜爛熟，你只要想成是讀過之後，可以跟我聊天就行了，我只是要確認你大概理解多少，所以不需要感到有壓力……嗯？」

韓常瓅與話說到一半便疑惑轉身的李鹿對上眼。

就那樣經過了幾秒，韓常瓅還正在歪著頭疑惑殿下為什麼要那樣緊盯著自己，這時才發現他的手正抓著李鹿的腰間。

「啊……對不起，我不是故意要……」

其實正確來說，韓常瑮也只不過是小心翼翼地抓著李鹿的衣角，但是這仍然是一個不禮貌的行為。

真得是要瘋了，自己到底是什麼時候起身，並且向他伸出手的呢？雖然李鹿說不要說自己很簡單，或是很怎樣的來貶低自己，可是除了那樣的話語，也沒有其他話可以用來形容了。

自己又不是笨蛋，若是殿下和韓代表會面的時候，自己可以不用躲藏，而是出席會面的話，那會怎麼樣？韓常瑮確實想過這個問題，雖然只是想著也許可以和殿下提提看，但是沒想到那愚蠢的身體已經做出了行動。

「有什麼好對不起的……但是你抓住我幹麼？」

李鹿歪著頭，似乎很好奇膽小的韓常瑮為什麼會主動抓住他，另一方面似乎也覺得有點有趣。

「因為……」

「對了，我們之前才在那張床上互相約定過不可以說謊，而且這還只是不久前的事，你還記得吧？」

「呃呃……」

最終那話還是要自己誠實以告，儘管不用凶狠地威嚇對方，也能如願地聽見自己想要的答覆的李鹿還真是神奇。

「其、其實……」

「嗯。」

「因為……我也想去。」

「想去？去哪裡？」

「覲、覲見現場……不對，現場這個詞好像不太對，就是……總之就是那個場所。」

反正韓常璟也沒辦法在這麼短的時間之內，想出能讓他理解的藉口，所以還是在多少有點衝動的情緒之下，在湧上心頭的勇氣挫敗之前，將之前心裡所想的全都吐了出來。

「請、請您也讓我參加。」

「一起去見韓會長？你嗎？」

「當、當然，想必我一定幫不上任何忙……而且就算去了，最後可能也會滿是恐懼地歸來……但是殿下您說過不會將我送回柳永殿，而……而且……」

「而且？」

「呃、而且……」

「你可以慢慢說，沒關係。」

本來韓常璟以為李鹿會一針見血地表示，就算現在見到了韓代表，也不會有什麼好事，並且直接拒絕自己。

但意外的是，李鹿卻很有耐心地傾聽著自己結結巴巴吐出的話語。

「這話您聽了可能會覺得有點奇怪……但是我覺得如果能這樣，和韓、韓代表以那種方式碰面的話，似乎就能稍微、稍微能得到一點勇氣……」

韓常璟吞了吞口水，感覺若是看到自己害怕一輩子的臉孔無法對自己做出任何事的樣子，似乎就能感受到真實感，雖然不知道會不會是永恆的，但是至少暫時可以躲在李鹿的保護傘下，得到安全。

「雖然我也不知道這份勇氣是為了什麼……」

如果他告訴殿下，是因為想像殿下那樣，可以安然無恙地喊出韓會長這個詞的話……殿下大概無法理解這樣的想法吧？

韓常璟鬆開那充滿猶豫並緊緊握著李鹿衣角的手。

他的時間觀在許久之前就出了問題，所以到現在還無法改掉韓代表這個過去的稱號。也許是因為還沒習慣以自我的意識行動，所以嘴巴也無法輕易地用會長一詞來取代過去的代表，而對他來說也不是一件容易的事。

「我是不是太孩子氣了……」

看著那質感良好的衣服產生皺摺的部位而感到抱歉，因此韓常瑮正準備抬頭向李鹿道歉時……

「好。」

但令人驚訝的是李鹿居然笑了，雖然不是那種嘴角上揚的明確笑容，但是他的眼睛確實在笑，也許……他搞不好是對自己那衝動又無禮的請託感到欣喜。

「但是如果韓代表沒有主動提起要找你的話，我還是不會讓你與他碰面，雖然我認為他一定會詢問有關你的事……但是如果表現得好似計畫一般，讓你直接出現在那裡的話，會讓我看起來有點魯莽。」

李鹿小心翼翼地詢問這樣是否沒問題，而畢竟這也不是韓常瑮能說好或不好的問題，所以他便大力地點了點頭。

「反正之後還會跟那個人碰幾次的面，這次並不是唯一的機會，所以你也不要太焦急。」

「是。」

如果鄭尚醞現在就在旁邊的話，大概會狠狠地瞪向自己吧？他要自己有自知之明，也不過是今天早上的事……結果現在卻處處麻煩殿下。

「那你今天就先睡吧！我也有事情得處理……明天早點起床，也要好好吃飯，然後跟著金內官逛逛寢殿，這裡可看的東西比想像中的多。」

「是，您請就寢吧！」

「哈哈，就寢？這是什麼話，我們也不過才差三歲。」

「那、那要怎麼說？」

「說個晚安應該就夠了吧？」

李鹿一邊表示，說「祝你有個好夢」也好，一邊大步邁向了書桌旁。

「我們不也算是還可以的關係嗎？」

因為李鹿已經轉過了身，所以沒辦法知道他現在的表情為何，位於肩膀下方的結實肌肉線條輕柔地顫動著。

從翻書的聲音停下來的地方判斷，他應該是在摺起書頁上方的角落，用來標示要閱讀的部分。

「這樣就行了吧！」

認真盯著李鹿背影的韓常瑔隨後才回過神，然後為了讓殿下方便接住，而將偷偷從景福宮帶來的酒包袱抱起……

但其實，韓常瑔很想問李鹿，還可以的關係……到底是什麼意思……雖然自己不曾做出任何想像，但是殿下到底是怎麼看待我們之間的關係……

他張了張好幾次的口，但是這個疑問卻比那句想跟殿下一同會面韓代表的提案還要更難脫口。

「是，那……殿、殿下。」

「嗯。」

「祝……祝您有個美夢。」

「嗯，你也是，晚安。」

李鹿的懷裡抱著的包袱的結上，有著一大串的花形刺繡，那是特地設計無論以任何方式綑綁，都能展現花朵形狀的作品。

順著那精巧的紋理，彷彿聽見鄭尚醞那清脆響亮的聲音，說著若利用溫柔的殿下，去作那些不切實際的夢，是會令人困擾的……

Whispers Through the Willows

第09章

「現、現在要我過去？」

「對。」

韓常璟用沒能減速的快速步伐走著走著，差點就要撞上那突然停下的金內官的背。

「真的要我……呃啊！」

「對不起……」

雖然好不容易停了下來，但額頭還是輕輕地碰觸到了金內官，韓常璟尷尬地摸了摸鼻子，並稍微往後退。

「唉，這話你似乎說了超過十遍了，韓會長是真的提出是否能讓你一同出席的請求。他已經到了，你就別再問了。冷靜一點，幸虧我已經大致從殿下和鄭尙醞那聽說過了，不然我現在一定會覺得你很奇怪。」

「是、是嗎？我現在……有點奇怪嗎？」

「那還用說？」

隨著在整齊擺放的墊腳石下垂手侍立的金內官，韓常璟也將手放在腹部，並低下了頭。

「反正他們不會聊什麼驚天動地的大事，你只要稍微察言觀色，然後做出行動就行了。」

啊，察言觀色……

因為這是自己最不擅長的部分，所以韓常璟只能緊盯著自己破舊的鞋尖。

「你入宮的時候，應該有學習一些基本的常識吧？你進去之後不用管韓會長那邊，只要向殿下請安，然後坐在位子上就行了。

今天是韓代表要求覲見殿下的日子，韓常瑮當然從凌晨開始就睡不著，其實從李鹿離開廂房之後，他就一直紅著眼睛失眠，但是也許是因為感到緊張，所以根本不覺得睏、也不覺得餓。

他有辦法完成殿下出的作業嗎？書上的內容讀得進腦子裡嗎？

就這樣韓常瑮在房間裡焦躁不安地來回踱步，在快要到吃早餐的時間時，金內官便叩叩叩地敲響廂房的門，表示韓代表所搭乘的飛機剛抵達平壤機場，而且還說希望可以一起見自己一面。

其實韓常瑮的確有預想到韓代表會把自己叫去柳永殿。

雖然他會要求讓自己也一同出席與殿下之間的會面，確實讓人感到意外，也許是因為有很多想從韓常瑮口中親耳聽到的事，也有其他想下達的新指令吧……

既然他都已經對於自己喝酒一事隱忍著憤怒，並寫下那張小紙條送入廂房了，那他一定不會不知道現在內部的狀況。而他最好奇的，大概就是自己怎麼會跟殿下親近起來吧？

韓常瑮的身體是否就如自己長久以來所期望的，真的成為一個Omega？而身為Alpha的李鹿是否被韓常瑮迷住了……正確來說，他想知道的大概就是這些。

所以如果事情照這樣發展，那還算是自己能夠充分理解的狀況……但是問題是，韓代表表示自己不會另外前往柳永殿。

聽說依照原定行程，韓代表會有約兩小時的時間，與殿下一起喝茶聊天，然後再去柳永殿與自己心愛的小兒子共進午餐。

本來想說韓代表會叫上自己，也會是在柳永殿的那個部分。因為他一定會以自己從小就在趙東製藥長大，也算是韓家的人為由，將自己傳喚過去。

但是韓代表卻提出不需要這麼麻煩，直接提前半個時辰，大家一起享用午餐的提案，搞得無辜的御膳房廚師們成了熱鍋上的螞蟻。

這是一件令人訝異的事，如果是韓常璟所認識的韓代表，若不是要去柳永殿，他也會找出適合的藉口，製造能與自己獨處的時間。

像現在這樣意外得將服用中的藥物暫停也是第一次，他應該會為了解決這個問題，而想盡辦法才對……但是他居然放棄能避開李鹿耳目，進行祕密對話的最佳藉口，放棄能在柳永殿談話的時間……這真的是太可疑了。

「裡面似乎已經準備完畢了，我們馬上出發吧。」

「咦？這麼快？」

「是啊，若依照原本的順序，你應該要最先在裡面恭候的，但是因為韓會長突然改變主意，所以你才會變成最晚進去的。不過儘管如此，你也不需要緊張，也不要慌張到摔倒。」

「是、是……」

金內官摸著塞在耳朵裡的無線耳機，並且大步向前，韓常瑮則是低垂著視線，生疏地模仿著金內官走路的樣子。

以正清殿為中心，芙蓉院和位於反方向的成永堂是貴賓們造訪時，用來招待他們的場所，就像是連花宮的會客室一樣……

在正清殿、柳永殿，甚至是芙蓉院裡，都有著能夠招待客人的空間，所以韓常瑮至今還是很難清楚辨別，什麼樣的人來訪宮中時，會使用哪個場所。

但是可以確定的是，成永堂的開放確實不是件常見的事，因為雖然李鹿不在宮裡時，韓代表也曾來訪連花宮幾次，但是卻從來都沒被招待進成永堂過……

雖然很好奇這初次見到的空間長什麼樣，但是現在卻連看的時間都沒有，只是一直看著地板，並快速地移動腳步。

不知不覺，那既不是大理石，也不是木質地板的奇妙色彩及花紋映入了眼簾，自然地提醒著人們已經來到了成永堂內部的分界點還真是神奇。

「殿下，金哲秀來了。」

隨著一句宣告，金內官用著只有韓常瑮才看得見的幅度稍稍抬起腳，並快速地動了動腳尖，那意思應該是要自己快過去坐下吧？

韓常環連犯傻的時間都沒有，就這樣被沉重的氣氛壓制了。若要說是好險，那還真是好險，要是一進去就先看韓代表的臉，任誰看了都會竊竊私語，覺得自己很可疑吧？

「殿、殿下。」

還是先跟著金內官，將手放在腹部，並微微鞠躬。是這樣行禮的……沒錯吧？在行禮的時候，是不是要另外說什麼話？

韓常環在入宮的第一個星期學過之後，就從來都沒有實際運用過，所以現在根本就記不得了。

韓常環歪著頭，並搖搖晃晃地退到一旁，早知道會這樣，昨天就先問問殿下了。

當韓常環哭喪著臉，並想著這個問題時……李鹿的一聲「請坐」嗓音中，帶有微微的……非常些微的……只有韓常環才聽得懂的笑意，這才讓自己那緊張的心瞬間融化。

太好了，看來表現得並不糟……韓常環連忙鬆口氣，並猶豫地向後退，不小心「咚」的一聲撞到某物。好險並沒有任何東西掉落，尷尬之下漲紅著臉，並像一隻花蟹一般悄悄往旁邊退去，圍坐在好似大會議桌的熟悉人影映入眼簾。

呼……韓常環將一聲長嘆往肚裡吞，並小心翼翼地坐上附近的空位，雖然很努力地不要看前面，但是視線的某處，還是能感受到韓代表正看著自己的目光。

「我自凌晨起就有早餐聚會，所以很晚才聽到韓會長的訊息，這麼晚才被叫來的金哲秀應該也很慌張。」

在全身被好似亂刀狂砍的尖銳視線包圍而流滿手汗時，李鹿便像個救世主一般開了口。

「不，這都怪我突然改變心意。」

喔喔，現在應該可以抬頭了吧？

韓常瑮小心翼翼地挺直自己那彎曲的脖子，雖然很努力地讓人不要覺得自己很可疑，但仍然還是在不安之下，不由自主地四處張望。

最先映入眼簾的就是那具有威嚴感的長桌和整齊擺放的椅子。

這真是神奇，這些家具的設計居然不帶任何傳統美的要素，既然是宮內用來接待貴賓的地方，那應該要更能感受到傳統的風情啊……

「啊……」

韓常瑮一邊感到懷疑，一邊抬起頭，這時才似乎明白成永堂內部會裝飾得如此現代的理由，而發出了小小的讚嘆聲。

他的對面，也就是李鹿位子的後方，擺放著一幅大到令人感到窒息的巨大山水畫，那好似用粗大的毛筆一口氣畫出的垂柳，和巨大的白虎所散發出來的氣魄，令人身體為之一顫。

感覺就算不是山稜不是石頭，而是老虎坐在垂柳之間，看起來也相當自然。

韓常璉將被圖畫震懾的視線稍微向下移，就能看見不同於皮製的普通椅子，充滿光澤的黑檀木寶座，再加上寶座上以特殊姿勢低下視線的李鹿。

光是這樣，這個空間想傳達的訊息就非常明確了，就算再怎麼尊貴的客人到訪，客人就是客人，絕對無法成為連花宮內最重要的人。

「來的路上辛苦了。」

李鹿為了舉起茶杯而優雅提起的章服衣袖上，刺有華麗的花與花叢，若是穿著蔽膝或戴上冠冕，那些沉重的裝飾反而會讓他看起來年輕一點，但是這樣簡單地披上深藍色章服並綁上玉帶，卻是讓人感覺到更深的沉重感。

「許久沒見到殿下了，雖然很想好好問候您，也有很多話想說……」

韓常璉沉浸在殿下的樣貌而暫時恍神。他在聽見那刺激神經的熟悉嗓音後，這才終於回過了神來。

沒錯，旁邊還坐著韓代表，還有李韓碩，這……該說是值得慶幸嗎？畢竟這就代表著，有某件事能讓自己投入到暫時忘記他們的存在……

就這樣，在希望的種子萌芽的瞬間……

「小的惶恐。」

伴隨著「砰」的巨大聲響，堅固的桌子大力地晃動起來。

韓常瓅抱著必死的決心，隨著巨響的源頭看去……映入眼簾的是，李韓碩的頭被猛烈撞擊在桌上，以及韓代表面無表情地抓著他的頭的手……

「這……」

鄭尙醞錯愕地提高了嗓門，但是韓代表仍不以為意地再次抓起李韓碩的頭。

這到底是……什麼情況？在韓代表那不知理由為何的怪異行為之下，在座的所有人全都說不出任何話來。

韓常瓅也無法快速地意識到眼前究竟發生了什麼事，只是愣愣地眨了眨眼，而整個空間更是只充滿了李韓碩因為臉突然被用力撞擊而發出的哀號。

正當鄭尙醞看不下去，想向前一步的瞬間，韓代表就像是在警告對方別過來似的，又再一次將李韓碩的頭撞向桌面，乾淨的空間也開始散發出血腥味。

然後又一次、又一次……就這樣撞了五次之後，韓代表抓著李韓碩的暴戾之手才鬆了開來。

鮮紅的血滴到了桌子下，甚至還聽見了不知道是李韓碩的骨頭還是牙齒的東西破碎的聲響。

「這裡是連花宮，而我是這裡的主人。」

這是第一次聽見李鹿那冷若冰霜的嗓音。

「有任何問題嗎？」

但是李韓碩那癱軟在桌子上的醜樣實在是太過悽慘……根本就沒時間驚呼於殿下那充滿威嚴的嗓音。

「既然如此，對於你剛才放肆的行為，你必須給一個在場的大家，都能充分接受的說明。」

「我聽說我們家小兒子製造了小小的騷動。」

韓代表以無比恭敬的態度，低下了頭。

「不久前，有人向春秋館檢舉這小子吸毒了吧？」

接著，韓常琛便迅速低下頭，就像是被隨意倒掛在任何地方的狼狽花束裡，所剩下的最後一朵花一樣……

一輩子刻苦銘心的熟悉恐懼感，就像是氾濫般席捲而來。

居然忘記了……居然覺得一切都好轉了……

韓常琛先前被奪走自己心的李鹿迷得神魂顛倒的，但現在這股壓迫感實在是太熟悉了……之前還只是暫時忘卻，忘記趙東製藥的韓為勳是怎麼樣的人……

「因為這個傢伙有著各種苦衷，我雖然很寵他，但是我完全沒料到他會猖狂得如此不明事理，這一切都是身為父親的我的錯。」

韓代表再次深深低頭道歉，而那句道歉也油膩的像是舌頭被上了潤滑油似的。

雖然這是一句理所當然的話語，但是他的言詞裡，絲毫不帶任何一絲的真心。

「還有這該死的傢伙……」

語出同時，李韓碩發出了多少聽起來有點詭異的喀啦聲，並從椅子上慢慢地滑了下去，眾人就像是在等待韓代表開口似的，儘管李韓碩的臉被撞得殘破不堪，像是連體動物一樣癱軟在地板上，也沒有任何人上前替他處理。

現在恭順地站在李鹿身後的人之中，有多少人知道自己才是真正的韓常環呢？

雖然韓常環不是很清楚……但是能確定的是，今天過後，一定會有傳聞顯示今天到訪柳永殿的人有點可疑。

韓代表剛才的行為太過頭了，若說是為了掩蓋沒出息的兒子所犯的過錯，而故意表現得如此凶狠也不太對勁。因為他的暴行看起來卻顯得十分平常，再加上那些從趙東製藥帶來的人全都不為所動，彷彿這一切就像是很常發生似的……

畢竟都親眼目睹到韓代表不將對方當人看待、毫無慈悲之心的暴行。

想必日後宮裡的任何人，都不會覺得李韓碩是受人疼愛的小少爺了吧？

雖然顯而易見能想見申尚宮嘴巴嘖著火苛待他的樣子……韓常環卻一點都不覺得李韓碩可憐，過去的這些日子以來，他可是讓連花宮裡的人相當辛苦。

韓常琭將視線從李韓碩那被撞得慘不忍睹的臉上移開，雖然能感受到下巴正在微微顫抖，但反正自己像傻子一樣地行動也不是一天兩天的事了，所以根本不會有人在意。

是啊，這並不是自己該干涉的事情，就算裝作不知情也無所謂，現在只要想到李韓碩欺負自己的種種過去，反而連開心都來不及了……

「我之後會再狠狠地教訓這小子，既然話已至此，我現在就將他帶回家……」

什麼……？

韓常琭緊緊地抓住了茶杯，雖然話並沒有完全說出口，但是韓代表確實是說了「回家」。

難道他是想找藉口，表示以後會在韓家好好管教李韓碩？這樣的話，跟著李韓碩一起進宮的自己，也會失去待在連花宮的藉口……

「所以毒品事件目前收拾得怎麼樣了？春秋館的人可不是普通人呢。」

李鹿多少有點無禮地打斷了韓代表的話。

「這個嘛……與其說是收拾……」

「依照我的推算，你應該已經讓與趙東製藥關係良好的媒體刊登了幾則報導了吧？而主題大概就是我的兄長有關……我說的沒錯吧？」

韓代表期待著能用突如其來的騷動來打擊李鹿，卻因為李鹿一直說著與自己預期不相符的事情而稍微感到慌張，但他似乎也覺得有點津津有味……

「我說話太直了嗎？」

「雖然上次您來談婚事的時候我也有這種感覺，不過我並不討厭與您之間直爽的談話，您是個男子漢大丈夫，還是一名Alpha，當然得有相當程度的膽識囉。」

李鹿這一次則是稍稍地皺起眉頭，看來是很不爽韓代表對於特殊體質的事情說三道四，而且其中還包含了李鹿最受不了的那些特定偏見。

「而且就算我覺得困擾，那又能怎樣？畢竟我認為一切都是因為我教育子女失敗的錯。」

「雖然不是不理解你的心情……但總之，剛才你在我面前所做出的行為，可說是極為魯莽，韓會長。」

「哈哈，我太誇張了嗎？您似乎有點嚇到呢。」

韓會長一邊咧嘴笑著，表示也許是因為年紀還小，所以殿下才會如此膽小，這回真的是個再也不將禮數放在眼裡的明確嘲弄了。

「總之，那小子……」

「那小子？你說的話太過分了，韓常瑮現在不是我的訂婚對象嗎？」

雖然當講到「韓常瑮」的時候，李鹿的視線似乎稍稍看向了自己……但是那大概只是錯覺吧？畢竟現在在這個場合，自己的身分不是韓常琛，而是金哲秀。

「訂婚對象啊……是啊，畢竟三年還沒有過……沒錯，的確是訂婚對象。」

李鹿一舉起茶杯，韓代表便以著一副沉思的表情，拿起茶具。

「請喝，這是用櫻草根所製成的茶。」

「櫻草？」

喔喔……韓常琛愣愣地眨了眨眼，這次絕對不是錯覺了。

在講出櫻草一詞的瞬間，李鹿的視線確實停留在自己的身上，而且如果沒有記錯的話，他因為忍不住，而在離開之後又折回自己身邊的那一晚，曾告訴過自己有關開在庭院裡的櫻草的事情，說聞到了這個香氣，就會想到了自己……

「原來您喜歡簡單純樸的東西啊！依據我這老頭的推測，我可是一直都覺得您喜歡的應該是更華麗、更沉穩的茶呢。」

「其實我不太追求這些，就像你說的，我可是李皇子，不論我的喜好為何，也不會有人敢輕易有任何意見。」

韓常琛用雙手包覆著溫暖的茶杯，眼睛不停地轉動著，這對話的走向真是奇妙，表面上雖然像是在聊關於茶的喜好，但其中卻像是各自都有另外想說的話似的，這一來一往的對談之上，有著微妙的裂痕。

「你剛才的指責也是相同的道理，你若把韓常環當成一個不懂事的兒子，而如此隨意對待他的話，我可是會很困擾的，因為只要進了我的宮裡，從踏入的那一瞬間起，他就是我的人。」

「殿下。」

「只在那些我沒做過的事、我完全不知道的事上貼上標籤，說他是李皇子的人的話，我不就太冤枉了嗎？所以韓常環的一切都得是我的，沒錯，就像成婚宣言一樣，不論是開心的時候、還是難過的時候，任何時候都是。」

這次就連不太懂得察言觀色的韓常環都大概察覺到了，雖然表面上是在指責韓代表對待李韓碩的態度……但其實李鹿的心裡指的是韓常環本人。

不論是在柳永殿還是正清殿，下達指令的是身為主人的自己，並不是外人能夠說三道四的，他現在就是我的人……

韓常環緊緊咬著那欲開的嘴唇，因為太喜歡李鹿了，心動到將一切只往好的方向猜測……真的好喜歡會說出他是我的人、一切都是屬於我的殿下。

「雖然你好不容易來到這裡，我也有很多事情想跟你聊……」

李鹿「啪」的一聲，將茶杯放上了桌子，就連至今仍不熟悉宮中規範的韓常環也知道不能那樣放取茶杯，所以……殿下現在似乎是非常明顯地在透露出自己的不悅。

「但看來今天不適合呢。」

「殿下，這是什麼意思……」

「不過既然你都大老遠過來了，還是吃過午餐再走吧。」

站在李鹿身後的鄭尙醞馬上按下了無線電……不對，是工作用的手機……總之是某個機器。

「殿下。」

「我本來想跟你來個有關特殊體質檢驗工具普及的深度對談，電視播出後，表現出支援意願的地方也不少，而且也預計在檢驗工具出口的相關議論上加快腳步，但是現在這裡噴得到處都是血，還看到人被打得稀巴爛的樣子，我想我大概是吞不下飯了。」

「雖然不知道兄長……不知道太子殿下如何，但對於這種情況，我是無法不當作一回事，直接帶過的。」

李鹿微微地笑著表示，就算你要說因為我是Alpha，所以才會那麼膽小的話，那也沒辦法，而在提到「Alpha」時，他似乎還故意提高了音調……

「那就下次，請拜託一定要以健全的樣貌與我相見，韓會長。」

一邊說著，李鹿便真的毫無留戀似地起身，意思就是雖然韓代表剛才的那段表演是很常使用的政治手段，但是自己是絕對不可能會迎合他的。

「金哲秀，你還在那做什麼？」

韓代表和其身後站著的那些熟悉的祕書們的視線，感覺就像是要將自己的臉看穿似的，韓常璟便像是犯了什麼大逆不道之罪，將頭低了下去，想都想不到，殿下居然會在這裡叫自己……

「你不是還有很多工作要做嗎？還有，鄭尚醞。」

「是。」

「讓太醫把他送去柳永殿，然後幫他治療。」

「是，殿下。」

「還有……韓、金哲秀。」

「出來吧，跟我一起離開。」

真不知道他那聲要喊出自己真名的「韓」……是不是他刻意做出的行為，李鹿悄悄地看著韓常璟，再次以下巴示意要一起離開。

不過也只是這樣，語畢後的李鹿啪啦一聲抖了抖長長的衣袖，並轉身走出成永堂，腳步裡不帶有任何一絲留戀，就像是在說他也不可能再回頭叫自己一次，要自己快點出來似的……

而在殿下離開位子的同時，中門也隨之開啟了，早已準備好的午餐佳餚便被安排上桌，也許是因為早已接獲指示，宮人們完全不在意血漬與昏倒的李韓碩，只是專注於完成自己的工作。

而當飯菜開始被整齊擺放於桌上，因為餐盤重量而使逐漸開始凝固的血漬緩緩流到韓代表所坐的位子。

因為視線仍停留在桌子之上，所以韓常瑮根本就不知道站在身邊的人帶著什麼樣的表情。

韓常瑮鬆開自己靜靜放在大腿之上的拳頭，然後擰了擰好幾次身上的破舊褲子，再像是下定決心似地將椅子向後退。

椅腳發出的嘎咿聲響在這寂靜的空間顯得震耳欲聾，耳邊更是響起了自己的脈搏劇烈跳動的聲音，光是要準備起身，就搞得韓常瑮暈頭轉向。

坐在位子上的韓代表不動聲色地拿起了餐具，明明要自己一同出席，卻又把自己當作空氣似的……

完全無從得知他在想什麼，把自己疼愛到甚至不惜要奪走韓常瑮的名字，也要給他一個名正言順的地位的李韓碩打成那樣，甚至在被年幼的李鹿下達逐客令後，韓代表也依舊只將注意力集中在眼前的食物上。

也許那些準備飯菜的宮人，以及站在韓代表身後的祕書們……也不知道自己為什麼會滿頭大汗吧？

但是此刻的韓常環正在心中計畫著此生最重要的反抗。

每當想張嘴發聲，那乾澀的喉嚨就像是要撕裂了一樣，經歷幾次不自然的呼吸，直到宮人們全都離開後，韓常環才緊閉著眼睛喊出了聲音。

「那個……我有一件好、好奇的事情。」

雖然擴散於桌面上的血漬沾溼了韓代表的衣袖，但是他本人似乎一點也不介意，而韓常環也只是靜靜地望著那從韓代表的褲子上低落至地板的紅色血滴，然後再次開了口。

雖然知道自己的聲音……應該說是自己的存在，渺小到甚至連弄髒韓代表衣袖的能力都沒有，但是自己已經跟李鹿約好了，哪怕只有一點點，也要試著鼓起勇氣……

「為什麼……要、要、要把我……」

「咳、咳咳。」

祕書們所站之處傳來小小的乾咳聲，那很明顯的就是個夾帶嘲笑的一種嘲諷，看來是自己那瑟瑟發抖的嗓音聽起來非常可笑，韓常環通紅著臉，不停地搓弄無辜的衣角。

「為什麼要讓我……進宮呢？」

指尖被線頭纏住了，這狼狽的樣子反而令人感到慶幸，因為專注力被分散到壓迫肌膚的灼熱感，至少能稍微減少自己的恐懼。

「乾、乾脆就什麼也別、別讓我知道……就這樣直、直接……把我關在實驗室裡就好了，為什麼……」

啊啊，開口了是很不錯啦，但是這夾帶著埋怨的疑問，讓這個問題成了一個莫名其妙的語句。

不過這的確也是自己最近最好奇的問題，也是現在成長茁壯的反抗心的原因，所以自己也不算是說錯話。

為什麼要讓區區只是個實驗體的自己，理解各式各樣的情感？為什麼要特意把自己送入連花宮……雖然有聽說過是為了掩人耳目，但其實那種事情就算沒有自己，趙東製藥也有足夠的能力做到。

「到底是因為什麼原因……才將我……」

韓常環擦去了因害怕而湧現的淚水，同時也覺得極限於此的自己有點沒出息……不過能做到這樣，其實的確也稍稍感到了心滿意足……

總之，李鹿也說過了，慢慢來沒關係，而自己現在甚至在韓代表面前拉開了椅子、站了起來，甚至還第一次向他丟出帶有不滿的疑問。

雖然光是因為這點小事，就陶醉在勝利感的自己，確實令人感到有些無言，但是至少等他出了成永堂，遇見李鹿的時候，有了可以跟李鹿談論的話題。

「聽說李皇子似乎非常喜歡你……」

韓常璟下垂的肩膀大大地顫抖一下，雖然韓代表的聲音很小，但是在自己耳裡聽起來就像是震耳欲聾的轟天巨雷。

沒有其他更強的藥了嗎？比起口服藥，直接打針不是比較好？為什麼會發作成那樣？如果那是理所當然的反應，那打從一開始就直接把他綁起來不就好了？有種好似馬上就會從他口裡聽見那些朝向自己噴射而來的熟悉命令似的。

「如果那自以為清高的傢伙真的愛上了你身後的洞，那看來過去所做的那些實驗都沒有白做了，我還一直都因為你沒轉變為Omega而感到可惜呢……不過既然你的身體已經變成足以誘惑Alpha的身體的話，是啊，那就夠了。」

令人驚訝的是，當聽到這些嘲諷殿下的言語時，一股濃烈的憤怒感推開過去所習得的恐懼，朝心頭一擁而上。

韓常璟想著，你侮辱我無所謂，畢竟自己連想說的話都沒能好好說出口也是事實，說我像個瘋子、或是對我指指點點，我都無話可說，但是你不可以那麼對李鹿，他可不是什麼陌生人，韓代表絕對不能恥笑他的崇高。

殿下是一個無法與李韓碩和趙東製藥的那群人相比的存在，他曾說過要自己不要貶低自己，說要一起讀書，甚至還出了作業，更是會將親手做的料理呼呼吹涼，並送入自己口中的唯一之人，是個對於像自己這樣的存在，也願意伸出手的、極度溫柔的人。

「您怎麼可以說、說那種話……」

「你問我為什麼要讓你知道這麼多？」

韓代表一邊勤奮著動著筷子，一邊打斷結巴的韓常瑮。

「這不是理所當然的嗎？得明確區分實驗體的反應，才能更快速地得到想要的結果啊！比起那種不論做什麼都欣然接受的蠢貨，儘管感到羞恥，也還是得張開雙腿的淫蕩身軀，應該更容易拿來進行反應的比較吧？」

被整齊擺放的涼拌菜在黃銅筷的重壓之下，變得扭曲撕裂，而每當韓代表的手暫時放下的時候，沾上袖口的血水就漸漸在桌上創造出更多更大的痕跡。

「為什麼要讓你這東西進宮？因為這樣就能讓你輕易學習到那些我懶得花精力教你的事，也能讓你知道自己的身體和普通人不同的羞恥心。」

那緊緊壓在手指上肉最多的部分的線，最終還是斷掉了。

「當然，你最重要的角色就是代替李韓碩被抽血……雖然崔所長說很好奇，當你的身體碰到Alpha的時候，會是什麼樣子，但是說真的我也從沒期待過那種事，也覺得那個麻煩的李皇子是不可能將你視為一夜情對象的。」

「但是你卻做到了這種不可置信的事。」韓代表一邊說著，一邊抬起了頭，而他的眼神就像是將韓常瑮視為擺放在這裡的椅子或碗盤一樣冷漠。

「不管怎麼說，看來下次就是我得請吃飯了。在那之前，你就好好服侍他吧！反正李皇子也沒有任何一絲想讓你取代李韓碩，娶你為配偶的意思，你只要再用你那卑賤的洞好勒緊他那尊貴的屌一陣子就行了，若是宣稱你的身體能讓皇子按耐不住到發情的話，在你回來之後，對你有興趣的人應該也會變多吧？」

韓代表喝下一口已冷卻掉的茶，不以為意地放下茶杯。

失去重心的茶杯晃動著，接著便發出沉重的聲音向側邊倒去，撒出的茶水好似要驅散令人作嘔的血水，用力地在桌上奔馳。但是茶水的量打從一開始就沒有多到足以稀釋血水，在被腥澀的血腥味覆蓋之下，櫻草的香氣便馬上空虛地消失……

韓常瑮呆愣愣地盯著桌面，這時才想起自己真正想問韓代表的問題。

「為、為什麼……是我……？」

這是因為太過理所當然、太過久遠，而一直深藏在心中的疑問，到底是基於什麼樣的理由，到底是因為想要什麼，才會將自己用做擋箭牌，向眾人說出如此魯莽的謊言……

還有……

「我、我……所做的，也只不過是……出生在這世上啊……」

為什麼自己的人生會理所當然地墮落為你的實驗體？盯著韓常環的韓代表，嘴巴就像是長長撕裂的鬼怪一樣笑著，並緩緩地開口。

「哇，真是個瘋子。」

鄭尚醞板著一副難看的表情，並搖了搖頭。

「聽說他根本就不管桌上是不是沾滿了血，在菜餚一放上去後，就馬上若無其事地動起了筷子。」

「我就覺得他會那樣，話說韓常環呢？」

「聽說他還沒出來，也許是有從位子上站起來了吧？聽說確實是有椅子的摩擦聲，不過在那之後就非常安靜。」

「是嗎？那就等等吧。」

李鹿坐在石砌壇上，並將手肘撐在膝蓋上，雖然這時的鄭尚醞大概就快開始嘮叨，要自己務必顧及一下體統，但也許是因為韓會長剛才那一番令人心煩意亂的表現，而讓他收起了嘮叨。

「總之，這似乎能確認韓常璟並不是韓會長的親生兒子了。那麼，果然是柳永殿的那個傢伙囉……」

「呃？這是韓常璟說的嗎？」

「那倒不是，只是上次在提及韓會長的時候，他沒有稱呼韓會長為父親，而是稱呼他為韓代表。」

「唉，那只不過是……」

「不，叫的感覺確實不一樣……而且，如果那傢伙真的是他的親生父親，應該就會稱呼他為韓會長，而不是韓代表吧？你還記得那傢伙過去為了想聽人叫他會長，所以成立了一系列的小公司嗎？」

「確實如此……」

「就算再怎麼冷漠，以會長的個性來說，也不可能會容忍自己的親生兒子那樣隨便叫自己的。」

「喔，殿下，韓常璟剛才好像開門出來了。」

「是嗎？這期間他們沒有說話嗎？」

「聽說因為兩人的聲音都很小，所以聽不太到。」

「啊？這像話嗎？不是說有聽到椅子挪動的聲音嗎？」

「家具在大理石地板上移動的聲音，當然會很大聲啦。」

「那有錄音嗎？」

「有是有啦，但就如您所知的，他們也像我們一樣，攜帶電波干擾器……不過我會盡最大努力去修復錄音檔的。」

「這也能當藉口？」

李鹿不高興地朝鄭尚醞伸出手要求著菸斗，但是在一想到韓常瑔馬上就要出來後，並焦躁地揉了揉梳理好的頭髮。

「呃啊啊。」

「我想不論您抽不抽菸，韓常瑔應該都無所謂吧？」

「可是他又不吸菸，而且這又不是在市面上販售的菸，對他來說應該會感覺更刺鼻吧？」

鄭尚醞用著一副像是有很多話想說似的表情，大大地嘆一口氣，因為他本人也不吸菸，還是個非常討厭菸味的人。

「不過您和韓常瑔在清玉橋初次見面時，似乎吸得很開心嘛！」

「那時候是那時候，現在是現在啊！」

正當兩人一來一往聊著沒營養的話題時，那從遠方啪噠啪噠走來的小小身影映入了眼簾，李鹿伸伸懶腰，並拍了拍自己的衣服。

「看來寢房尚宮要念我又隨便亂坐了呢。」

韓常璟那如大拇指般的身影止漸漸變得清晰，看著他那向著自己努力走來的樣子，就突然想起他所擁有的衣服都非常簡陋的事，嗯……看來得叫寢房那邊幫他準備幾套衣服了，怎麼至今為止都沒想到這件事呢？

《柳樹浪漫03待續》

高寶書版集團
gobooks.com.tw

CRS032
柳樹浪漫 02
버드나무 로맨스

作　　者　moscareto
譯　　者　徐衍祁
封面繪圖　月見斐夜
編　　輯　賴芯葳
校　　對　櫻薰
美術編輯　林鈞儀
排　　版　彭立瑋
企　　劃　李欣霓

發 行 人　朱凱蕾
出　　版　朧月書版股份有限公司
　　　　　Hazy Moon Publishing Co., Ltd.
地　　址　臺北市內湖區洲子街 88 號 3 樓
網　　址　www.gobooks.com.tw
電　　話　(02) 27992788
電　　郵　readers@gobooks.com.tw（讀者服務部）
傳　　真　出版部　(02) 27990909　行銷部 (02) 27993088
郵政劃撥　19394552
戶　　名　英屬維京群島商高寶國際有限公司臺灣分公司
發　　行　英屬維京群島商高寶國際有限公司臺灣分公司
初版日期　2023年 10月

國家圖書館出版品預行編目 (CIP) 資料

柳樹浪漫 / moscareto 作；徐衍祁譯 . -- 初版 . -- 臺北市：朧月書版股份有限公司出版：英屬維京群島商高寶國際有限公司台灣分公司發行 , 2023.10
面；　公分 . --

譯自：버드나무 로맨스

ISBN 978-626-7201-78-7 (第 2 冊：平裝)

862.57　　112008053